草むらの小屋

方政雄

新幹社

目次

鉄塔の下

　中学校での授業が終わり、浩は、健一を中心とする山下ら二年二組の同級五人グループの仲間として、彼らと連れ立って家の方へと向かった。浩ら三人は遅れ気味だったが、前に歩きながら山下と話していた健一が、会話の中でそのことが話題になっていたのか、急に振り返り、遠くに見える高圧鉄塔のふもとにある土手を指さして、秘密を惜しんで出すかのように得意げに顎を上げ言い放った。

「お前ら、知っとおかァ。あそこなァ、チョーセンが住んどんねんど。……うちのクラスにも幽霊みたい奴やつおるけどな、へへ」

　いつもの健一の強引な言いように、みんなも媚びるような笑い声をあげる。

　健一とは中学二年になってはじめて同じ組になった。身長が百八十センチ近くもあり骨太で体も大きい。月曜の全校朝礼の時などは運動場のどこからも頭が飛び出た健一を見つけるのは簡単だ。健一が中一の時、中三の番長にけんかを売り、校外での果たし合いで番長の前歯を三本折って、土下座させ、謝らせたそうだ。今では健一に逆らう者は誰もいない。

小学校から幼なじみの山下は、健一と同じクラスになったとき、すぐに健一にすり寄り、媚びへつらった。山下は小学生の時からそうだったように、強いものには小判鮫のようにすぐにくっつく。

しばらくして、山下は浩を俺の友達だと言って健一に紹介し、浩も健一傘下の五人グループに入った。あまり気乗りがしなかったが、一方で嬉しくもあった。不思議な気分だ。

阪神工業地帯の中核・尼崎市の北端にある学校周辺の田畑や溜池は、アジアで初めての東京オリンピックの好景気も手伝い、地方からの人口流入の増加で急ごしらえのアパートなどの住宅地に変わり始めている。その東側を流れている荒神川の土手沿いには、へばりつくようにバラック小屋が二、三十軒ほど軒を寄せ合っている。その塊の周辺は、また新たな小屋が建ちはじめ、半円は膨れ上がっているようだ。

浩が小学生の物心が付きはじめたころには、友達同士の会話の中から知ったことなのか、あそこは怖いところだ、行かないほうがよいという気持ちがすでに芽生えていた。浩は、今までの漠然とした思いが、健一の言葉でなにか納得したように感じた。

「ただいま」

家に帰り浩が引き戸を開けると、玄関土間前の六畳部屋にはいつものように四十センチ四方の段ボール箱が縦横に大人の背丈ほどに並べられ、行く手を阻む砦のように立ち塞がっている。その砦の向こうから「はあー」と母のうめき声がする。

「――♪あの日ローマで眺めた月があ、今日は都の空てらすう、あちょいとね……誰や。浩、帰って来たんか」

うめき声がどら声に変わる。鼻歌が出ているのは内職が順調よく進んでいる証拠だ。

半年先にあるオリンピックのために景気がいい、と母は言っている。おかげで内職が切れることなく、単価も二円上がったと喜んでいた。段ボール箱の中はその材料や完成品が入っている。内職は、溝が切り刻まれた小さな鉄片に順序通りニクロム線を丁寧に何重も巻いていく細かい作業だ。なにかの電気機器の部品で、何度か説明を聞いた母もよくわからないそうだ。

「母ちゃん、あんなあ、荒神川の土手にチョーセンがおるんやろ、怖いとこやって、なんでや」

母は、段ボールの箱を部屋の片隅に押しやり、白い割ぽう着の腕をまくって真顔になった。

「あそこはな、戦争が終わっても国に帰れなんだ朝鮮人が住んでいるんや」

大雨が降る度に洪水になる荒神川の改修工事に多くの朝鮮人が働き、戦後、工事が終わってもその一部の人が飯場跡に残った。以前は五、六軒だったがだんだんと小屋が増え、豚を飼いはじめる人も出て、今では何頭も飼っている家も何軒かあり、市場の魚屋のアラや、飲み屋や食堂の残飯を貰って豚の餌にするという。

「浩も見たやんか。一斗缶をリヤカーにいっぱい並べて運んでいたやろ」

市場通りをそのリヤカーが通ると、人々は鼻をつまんで両脇に避けていたのを見ている。

母は段ボールの隙間に顔が挟まれるように近づけひそひそと言う。

「誰も言うたらあかんで……。あんな、父ちゃんの酒、ドブロクな、あそこで買ってんねんで」

母が時々、新聞紙で包んだ一升瓶を抱えて帰ってくることがあるが、そのことだと浩は思った。父は大人の牛乳や、安うて栄養満点やと喜んで飲んでいるやつだ。

土手からは風向きが変わると豚の糞尿と残飯などが混ざり合ったすえた臭いが浩の家の

方にも流れてきた。父は眉間にしわを寄せ窓を力任せに閉める。

同じ組の金村はその土手から通っている。土手の集落から出てくるのを見たことがあるからだ。背が高く極端に痩せているため、まるで理科室にある骸骨の標本に皮を被したようで、目が落ち込み頬骨が突き出ていた。喋っている姿を見たことがない。休み時間も窓側の一番後ろの席で無表情にいつもポツンと外を見ている。急に消えても誰も関心を寄せず、存在していることすらクラスの意識としてはない。みんなと交わることもない。

ある時、授業中に大きなハチが入って来たことがあった。ミツバチの何倍もの大きさで、羽音も爆撃機のように重低音で「グブーン」と教室上空を旋回した。左に行くと左で、右に行くと右で悲鳴が上がった。先生も教卓の下に身を屈め、何か叫んでいる。泣き叫ぶ女子生徒が出て、それが連鎖して教室中悲痛な叫びが飛び交い、パニック状態に陥った。

浩も両手で頭を覆い、机に伏せた。ふと目を上げ窓側を見ると、金村だけが背筋を伸ばしいつものように座っている。ハチが金村の頭を横切り窓側に寄った時に、金村は窓を開けた。ハチは羽音を引きずり悠然と外に出て行った。悲鳴と叫びは、栓が抜けたようにすうっと収まり、みなから声にならないため息が漏れた。金村は何事もなかったように無表情に前を向いている。浩は、呼吸をしている気配すら見せず凛と佇んでいる姿に、近寄りがたいあこがれのような思いを覚えた。

それから数日経ったとき、急に学年集会が昼休みに体育館であるとの伝達が来たことがあった。時間がなく緊急性があったのか口伝いで、クラスのものは急ぎ足で体育館に向かった。浩は体育館シューズを忘れたので教室に引き返した。教室の戸を開けるとガラーンとした教室にひとり金村が座っていた。

「緊急の集まり、体育館や。座っとかんと、早よ行かな」

金村は驚いたようにくぼんだ目を大きく開いた。

「ありがと」

初めて金村の声を聞いた気がした。

荒神川沿いにペンキなどの塗料を作っている工場があり、社宅が工場横に平屋二戸一の二十軒ほどが並んでいる。その社宅の友達の家に遊びに行った帰りに、何気なく少し離れている家の屋根を見るとはなしに見ていた。黒い塊のようなものが屋根の上で素早くうごめいている。眉間を寄せ、目を凝らし首を突き出して見る。人だ。頬骨が張った特徴のある顔、金村に違いない。何をしているのか。教室では微動だもしないのに、きびきびしている。

それからも屋根の上で何度か見たのだ。小脇には必ず小さな箱を抱えている。特に桜の花が散り、葉っぱが大きくなるころには、ほぼ毎日のようにどこかの屋根に上がっている姿があった。一度は家の人に見つかり、怒鳴られ慌てて屋根から飛び降り、足を引きずりながら逃げるところも見た。

次の日、体を斜めにし足をかばいながら学校に来た。どうして屋根に上っているのか、いったい何をしているのか、喉から声が飛び出そうだったが、気配を消し、石のように黙り込んでいつもの異界に入っている姿に、言葉を飲み込んだ。

学校が終わり近くの公園で近所の友達数人と遊んでいると、金村が箱を小脇に抱え前をまっすぐ見て早足で公園横の道路を通り過ぎた。浩は友達に用事を思い出したと言い、ひとり仲間から外れ、金村に気づかれないようにそっと後をつけた。

今日こそは、何をしているのか見届けるつもりでいた。社宅の方向ではなく市場の方に向かい、急に右に折れ路地に入って行った。家々が並ぶ中に車一台がやっと通れるような道だが、人通りはない。はっきりとした目的地があるような確信のある歩き方だ。電信柱の後ろに隠れながら浩は眼だけは離さない。あっ、左に曲がった。浩は走り、金村が曲がったところから顔半分だけを出し様子をうかがった。

二十メートルほど先に、金村はすでに板塀を登り平屋の屋根のひさしに足を掛け、手慣れたようにそこを足場にして屋根に上り始める。そして身をかがめゆっくりと音がしないように瓦屋根を歩いている。浩は心臓がドックンドックンと波打つ鼓動を感じながらそっと近づく。金村は屋根の頂上まで行き、更に身をかがめ鬼瓦のところまでにじり寄る。急に風がわき金村の髪を巻き上げた。

金村は鬼瓦の先端部にある細長い半円形の瓦をゆっくりとめくる。そこに手を突っ込み、何かを大切そうに取り出し箱の中に仕舞う。そして瓦を元のように閉じ、イタチのように素早く、屋根を下り、ひさし、塀と足を掛け道に飛び降りる。一瞬だ。

浩はあわてて脇にあった細い路地に逃げ込み、地面に身をつけるように屈んだ。ゆっくり頭を車通りに突き出すと、箱を小脇に抱え悠然と歩いて行く金村の後ろ姿が見えた。

何かを取った。なんだろう。しかし取ることは泥棒だ。誰にこのことを言えばいいのか。母に言おうか、おろおろするだけだ。短気な父には怒鳴られるだけだし、話したくない。友達に？　兄貴分のような健一か。健一は浩らの知らない「大人」のことも知っているが、相談して、なんかの弾みでとばっちりがこちらに回ってくる厄介さがある。

次の日、学校の昼休みに話があると運動場の端にあるプール裏まで山下を連れ立って行った。

「なに、金村が、瓦めくって何か取ってるって。あッ、俺知ってるそれ、三組のサブやんから聞いたんや。絶対スズメのヒナや。あいつ、それ売って金儲けしてるらしいで」

「へえ、そうかスズメか。ヒナいうたら赤ちゃんやな。なんぼで売っててんねん？」

「あほ、そんなん知るかい。そんなしょうむないことで、ここまで呼ぶなや。俺、運動場でみんなと遊ぶで」

山下は小走りになり、運動場の人が群れている方に向かった。

学校が終わり、いつもの仲間には用事があるからと、まだざわついている教室をひとり走って出た。校門横十メートルほど離れた塀沿いにある大きな楠木の後ろに隠れ、みなが下校する様子をうかがった。ばらばらと校門を出て行く中に金村の餓死寸前のような顔が見えた。金村とは帰る方向が同じなので一緒になることはちょくちょくあったが、たとえ隣同士で歩いても無関心を決め込み喋ったことはない。浩は下校している他の生徒を左右に避けながら早足で金村の真横に付いた。金村は横を見るふうでもなく無表情で歩いている。

「か、金村、くうん。よかったら一緒に帰れへんか」

金村は浩の方に仏頂面で首をかしげただけで「いい」とも「わるい」とも言わなかった。浩は勝手に並んで歩く。どちらも黙ったままだ。下校している生徒たちが三々五々いなくなり二人きりとなった。酒屋の角を曲がった時、浩は思い切って声を出した。

「あ、あんな、聞いたんやけどなァ、スズメの子ちょっと見せてくれへん」

浩は前歯を見せて作り笑いをする。

金村は、首をひねり落ち込んでいる目を開き、なんで知ってんねん、という顔で浩を見返した。

「ちょっと聞いたんや。僕な、小学校三年の時スズメの子が家に迷い込んで来てな、チュン太というて大事に育てたんや。ある日学校から帰ったら、飼っていた小箱がひっくり返っていて、小さな羽だけが落ちてた。猫にやられたと母ちゃんが言うとった。羽埋めて墓も作ったった。……そやから」

「買うんか……」

金村は歩きながら、ぼそっと言った。

「分からんけど、ちょっと見してえなァ。ええやろ」

「……田中、お前この前体育館に行くの教えてくれたな。……ちょっとだけやぞ」

浩は家に着くが早いか、鞄を玄関に放り出し、積み上げられた段ボールに向かって「母ちゃん、遊んでくるでェ」と叫び、母の声も聞かずに玄関を飛び出た。外で待っている金村と一緒に土手にある彼の家に向かった。

近くにありながら、この地区に入るのは初めてだった。浩は土手を目前にすると緊張感を覚えたが、金村と一緒なら大丈夫だ、と自分に言い聞かせた。土手の手前には幅三メートル程の小さな川があり欄干のない板橋が架かっている。誰かの手作りのような粗末な橋で、リヤカー一台が通れるくらいの幅だ。川に流れはなく黒く澱み所々に亀の背のようにヘドロが盛り上がり、プクプクと泡を吹いている。むっとするどぶ臭さの中にシンナーのようなにおいも混ざっている。ヘドロに青や赤っぽい色がついているのはペンキ工場からの廃液のせいなのだろう。

その川と土手の二十メートルの間に家がひしめき合っている。家とは名ばかりで板を張り合わせたトタン葺きの小屋が多く見える。この色のついたどぶ川を境に別の世界があるように浩は感じた。

目を見開き軋む橋を渡る。軒と軒の間に人ひとりが通れる狭い道は、まるで出口のない迷路のようだ。浩は金村の後ろに体をつけるように続いた。道が開けた所、土手の際に五メートル四方くらいの井戸端とその隅の方に間口が二メートルほどの小屋がある。その小屋の半分は間仕切りをして扉があるが、残りの片方は小便器が奥の壁にむき出しに取り付けられ、その下にはバケツがあり、半分くらい茶色い液が溜まっていた。銀蠅が四、五匹ブーンと気だるそうに小屋のまわりを上に下に旋回している。土手の下全体が汲み取り便所や豚小屋、下水のドブの臭いなどが入り混じった、一種独特のにおいに覆われていた。

「こっちや」

金村は顔も向けずにボソッと言う。家はさらに奥に入った土手の登りに面した所で、壁も戸も板を張り合わせ、屋根は波型のトタン板の低い家だ。

金村は小さな節穴がある開き戸を手前に引き、首を屈めて薄暗い部屋に入って行った。

「帰ったのか……外に誰か来てるんか」

中から、か細いしわがれた女の声がした。

「誰や、友達か」

「オモニ（お母さん）、かめへんからそのままでええ」

弱わよわしい咳が二、三回聞こえた後、静かになった。

「田中、入ってこいや。スズメ見せたるわ」

浩は家の中まで上がるとは予想もしていなかった。入ったら出てこれないのではないか。暗い家の奥に目を凝らした。

「そしたら、ちょっと上がらしてもらいます」

玄関の中に入ると半畳程の土間は路地と同じ地面のままで、運動靴やゴムぞうりがちぐはぐに向いている。浩は自分の靴先を入口に向けて揃え三、四十センチほど高い床に後ろ向きで上がる。何か甘酸っぱい匂いが漂っている。

「奥の部屋にこいや」

「分かった」と振り返り、はっとした。薄暗い六畳ほどの部屋の隅に布団が敷かれ、女の人が枕から頭を上げ浩を見てこっくりと頭を下げる。髪の毛は後ろで束ねているようだが、何本かはほつれて顔にかかっている。

「こ、ん、な、格好ですんません。ゆっくり遊んでいってください」

聞き取れないような小さな声だ。その後、こらえきれないような咳がグホン、グホンと体から漏れ、その度に布団が微かに揺れる。

「あっ、すいません。ちょっとスズメを見に……」

浩は頭をぴょこんと下げ、布団の横を足早に過ぎた。

「入って、そこの襖を閉めや」

急いで戸を閉め、奥の部屋に入ると金村は三十センチ四方の木箱の前に座っていた。中からチィチィと可愛い声が聞こえる。浩は近寄り箱を覗く。中には厚紙で出来た小さな箱があり、細かくちぎった新聞紙を重ねた中に赤黒い小さな塊が五羽、針金のような足をばたつかせうごめいている。羽毛もなく立つこともできないが、黄色い口ばしを顔中に広げチィチィと餌を求めている。まるで動く黄色い穴が箱中に空いているようだ。その紙箱の横には黄色い粉が入った瓶と割りばしと縁の欠けたお茶碗が見える。

金村は玄関の方に行き、素早く戻ってきてぴたんと襖を閉めた。右手には水の入ったコップを持っている。水をこぼさないようにゆっくりと木箱の横に置き、座った。茶碗に半分くらいに黄色い粉を入れ、水をゆっくりと少しずつ注ぐ。そして茶碗を手に持ち割りばしで円を描くように混ぜ始めた。黄色い粉が少しこぼれる。練り具合を確かめながらまた少し水を足した。

「きな粉をな、こないふうに水で練って、耳たぶくらいにの硬さにするんや。それを箸の先につけて口に入れたんねん……ほら、よう食べるやろ」

黄色い穴は手羽先をばたつかせ、いざりながら先を争うように箸の先の餌をくわえこむ。

「みんな同じく平等に食べるようにせなあかんねや」

「僕にもちょっとやらせてェなあ。……これでええんか」

浩は箸の先に餌を付け、かわるがわる口の中に入れた。やってもやってもチィチィ鳴きながら、大きな口を開けて餌をねだっている。

「ほんま、かわいいなあ。僕、絶対買うで。それまでみんな売らんと置いとってよ」

金村の顔を見ると口角を上げふふんと鼻から息を吐き笑った。とがった頬骨と落ち込んだ目、顔が引きつったように見えた。笑い顔も初めて見たし、声を出しての会話もなかったことに改めて気が付いた。

箸を金村に返し、尻を床につけた。部屋全体が少し玄関入口の方に傾いているようだ。土手の斜面下の方に家を作ったためだろう。畳六枚は数えたが、その畳の外はいびつな三角形の板張りの床だ。その壁側に唯一の窓があり、すりガラスを通して土手の緑色が見える。部屋の一番奥の壁上には、二十センチ四角くらいの黒い額縁に茶色ぽくなった写真が見える。胸から上だけの若い男の人で帽子をかぶり詰襟のある作業服のようなものを着ている。

「……日本の友達やろ。お茶でも出してあげて……」

咳とともに小さな声が隣からする。

「オモニ、ドブロク買いに来る田中さん、中学生がおる言うていたやろ、その子や、俺とおんなじ組や」

甘酸っぱい香り、ここで買っていたのか。父がドブロクをあおった後、唇横一文字に残る白い筋が浮かんだ。

「田中さんとこの、そうやったん。いつもありがとうね……」

「お茶、俺が持っていくから、そのまま寝とき」

そう金村は言うと、割りばしを箱の中に置いた。スズメたちは何も貰っていなかったように相変わらず騒がしく可愛く鳴いている。金村は襖を開け、玄関横の炊事場の方に行く。

浩は部屋をぐるっと見回した。壁には衣紋掛けにかけた服が何枚か見えた。場違いに真っ赤なブラウスがあった。誰のだろう。お母さんには派手すぎる。金村は小さなお盆にコップを二つ乗せてきて、襖戸を閉める。浩はぬるい麦茶を飲んだ。

「一匹、二〇〇円や。……けど田中、お前やったら一五〇円、いや一〇〇円でええわ。買うんやったら、もうちょっと大きなってからやけどな」

一〇〇円はなんとか小遣いを節約したら出来そうだ。

「何言うてんのん、あげてやり」

隣から声がする。

「オモニは黙てて。自分のことは自分でするよってに」

金村は襖に向かって早口で言った。チィチィという鳴き声だけがしばらく続いた。

「ただいま。……あら誰か来てるの」

若い女の人の声が玄関から聞こえた。

「姉ちゃんや、市場から帰って来たんや。……姉ちゃあん、俺の友達や……」

金村は声をあげた。

「あんた、またスズメ売ってんねんやろ。給料もらったら小遣いやるから、もう辞めとき言うてんのに」

浩も叱られたように感じ腰を上げる。

「僕、もう帰るわ。絶対買うから一匹は置いとってよ」

箱の中のスズメをもう一度見る。浩が襖を開けようとしたとき、襖がさっと引かれ姉さんが入ってきた。髪の毛が肩まで垂れ、薄暗い部屋の中でも顔の白さが目立った。長いまつ毛のくりっとした目と合った。白いブラウスの上からも胸の豊かなふくらみを感じた。いい香りがする。浩は恥ずかしくなり、横を向きスズメの箱を上からながめた。

この香り、どこかで嗅いだことがある。そろばん学校の帰り、駅前ですれ違った派手な服を着たきれいな人のような……。浩は目をさっと上げもう一度顔を覗く。ゆで卵のようなつるんとした肌。真っ赤な口紅のけばけばしい化粧の顔とは比べようがない。

「田中、外行こ」

金村は木箱を押しれの方にそっとずらして上に新聞紙を広げて被せる。そして姉とは顔を合わさないようにしてさっと出て行く。浩は姉さんの顔を見て、ちょこんと頭を下げる。姉さんはにっこりと微笑んでいた。淡い紅色の唇から白い歯が光っている。右頬のえくぼも見落とさなかった。整った目鼻立ち、本当に姉弟なんだろうか。やっぱり駅前で見た派手な化粧をした人なんかではない。

浩は金村の後に続いた。隣の部屋を抜けるとき、「ほなら、帰ります」と布団の頭の方に向かって声を掛けた。

「田中君、お母さんによろしく言うとって。あんた、名前なんて言うの……浩君いうの。

うちのせいたいと仲良くしたってね」

最後の方は声が小さくて聞き取りにくかった。金村は「せいたい」いう名前やったのか、どんな漢字や。今まで遠かった金村が身近に感じた。金村はゴムぞうりを引っ掛け、外で待っている。浩は靴を履くために上がりかまちに腰を掛けた。

「せいたい、もうすぐご飯やからすぐ帰っておいでよ。お姉ちゃん、今日、仕事早行くから」

お姉さんが玄関まで来て金村に声をかけた。返事はない。

「それじゃ」

浩は玄関土間に立ち、布団の母とその横に立っている姉さんの顔を見て、頭を下げる。姉さんの笑顔をもう一度見たかったのだ。

金村と二人並んで迷宮入口の欄干のない板橋まで戻って来た。名前の「せいたい」は漢字で「正泰」と書くことも聞いた。そしてこれは聞くことではないと迷ったが、思い切って浩は口を開いた。

「あのーな、姉さん、今から仕事か。何の仕事や」

金村正泰は何のことかというような顔をして浩の顔を見返した。

「大阪の方や。何の仕事かよう知らん……朝に帰ってくる」

やっぱり駅前で見たのは正泰の姉さんなのか。派手な服装、けばけばしい化粧の話はしてはいけないと思った。

帰り、集落の道は少しは分かり、これからは正泰の家には迷わずに行けそうだ。境界の板橋の近くに来た時、白い上着に胸元で結んでいる長いリボンが腰まで垂れ、紺のプリーツスカートは履いた小学生くらいの女の子とすれ違う。浩は首をひねり狭い路地に入っていく後ろ姿を見た。スカートが歩く度に左右にひらひらとなびいている。

「あれか。……チマチョゴリいうて、朝鮮の服や。あの子、朝鮮学校に行っている」

正泰も立ち止まり、女の子を見て言った。

朝鮮の服！　長いリボンと襞のスカート。浩は、山下らと健一の家に行った時のことが蘇った。

浩たちは健一に誘われ、学校を終え、夕方、彼の家に集まった。「オトン徹夜の突貫工事で今日は帰ってこないから、ええもん見したる」とニャッと口を歪めて言ったのだった。健一はオトンが帰ってこないのが嬉しくて仕方がないといった表情を見せた。

浩は健一のオトンを一度見たことがある。

ある時、健一がクラスの者に些細なことに腹を立て暴力問題を起こし、その横にいた浩と山下も生徒指導室に一緒に呼ばれ、二人の先生から事情を聴かれた。殴られた方はケガもなく大したことはなかったが、健一はこれまでも何回か暴力行為の「前科」があったので親が呼ばれた。親は家にいたようですぐに連絡がついたと先生が伝えた時、健一の顔色が変わった。

暫くして生徒指導室の戸があわただしく開き、父親が駆け込んできた。それと同時に健一は椅子から飛び跳ねるように立ち上がり、床に正座をし、握った手を膝上に揃えた。父親は健一を見るなり足蹴にする。健一は顔を歪め転がったが、起き上がりこぼしのようにまた正座をする。父親は今度はゲンコツを振り上げ殴ろうとする。我に返った二人の先生が父親の前と後ろから抱きついて父親を止める。

「先生どいてくれ。親一人子一人で、甘やかしたらろくな人間ならへん、性根入れんなあかんねや、こいつは。昔からそうしとんじゃ、どかんかえ」

田中、山下も、お前らもう帰れ、先生の声で浩と山下は急いで部屋を出る。父親からは酒の臭いがした。大声がする生徒指導室にもう二人の先生が慌てて駆け込んで行った。

健一の狭いアパート部屋は腐った生ゴミのような臭いが鼻を衝いた。流し台にはご飯粒が付いた茶碗、醤油が残っている皿などが積みあがり、その横のごみ箱はごみが溢れ蓋が持ち上がったままだ。

健一は押し入れに首を突っ込み黒いビニール袋を引っ張り出した。「これや」と袋を逆さまにして中の物をぶちまけた。白い太ももとメロンのようなたわわな乳房が畳に横たわる。本屋で遠巻きに見ていた憧れの雑誌だ。十冊はあろうか。

「オトン隠しとったん、知ってるんや。お前ら、持って帰ったらあかんど、見るだけやぞ」

そう言いながら健一は、ピンク色の本の表紙、顎を上げ唇を薄く開き熱い吐息が聞こえてきそうな恍惚の顔を捲った。横の山下は、みなと顔を合わさないように壁側を向きひとり本を開いている。他の二人も自分だけの狭い場所を確保し見はじめている。浩は、はやる気持ちを抑えそっと表紙を捲る。ページを捲る音だけが聞こえ、部屋は静まり返っている。

どれくらい時間が経ったのか、健一があぁっ、と両手を大きく上げ背を伸ばす。窓の外はだいぶ陽が傾いていた。

「しんど、休憩しょうか。……山下、お前それくらい集中して教科書読んだら成績上がるのになあ」

そう言いながら健一は山下に向かって本を投げる。山下は本を掴み、へへっと口を曲げた。浩も他の二人も顔を上げ付き合いの笑いを上げる。

「浩、お前の前にある机のなあ、一番下の引き出しの奥にタバコあるから出せや。……吸わしたるわ」

浩は本を置き、言われるままに引き出しを開ける。筆箱やコンパス、マジックインク、硯箱や文鎮、軟球ボールなどがごちゃごちゃとあり、一番奥には絵具の箱が見える。

「絵具箱の中にある。オトンから一本ずつくすねたやつや。……待っとけや、灰皿とマッチ持ってくるわ」

健一は立ち上がり台所の方に行く。

浩は引き出しを手前に大きく出し、箱を取り出した。箱の下には手帳があり中ほどから写真が半分はみ出ていた。浩は何げなく引き抜く。二、三歳くらいの男の子が女の人に抱っこされている。健一の小さい時の写真だ、面影がある。女の人は髪の毛を後ろで束ねている。白い上着に胸元で長いリボンを結んで、長めのプリーツスカートを履いている。お母さん？

健一が灰皿とマッチの小箱をもって戻ってくる。あわてて写真を手帳に差し込み、引き出しをぴたっと閉めた。アルミの灰皿を真ん中に五人車座になる。健一は絵具箱の蓋を開けタバコを摘み上げ、慣れた手つきでタバコを口にくわえマッチの火を点ける。深く吸い込み、顔を天井に向けふうーっと長い煙を吐いた。

「どや、やってみいや」

健一はカニのように挟んだタバコを山下に向ける。山下は摘まむようにタバコを受け取り、目を見開いて吸い込んだ。同時にグホン、グホンと激しく咳きこむ。咳をしながら、タバコを浩に差し出す。浩は用心して口先だけに吸い込み、小さくふっと吐く。他の二人も浩の真似をして小さく吹いた。

「お前ら、まだまだやのお」

健一はふんと鼻先で笑う。帰るとき「今度来るときは酒、飲ましたるわ。はは」玄関で健一は勝ち誇ったように腕組みをし、吊り上がった太い眉を動かした。

帰り道、健一のことを何でも知っている山下なら分かるかもしれない、と二人きりになったとき健一の母のことを聞いてみた。

「俺もよう知らんけどな、健一が小学校四年ぐらいの時、家を出たらしい。あのオヤジふだんでも普通違うやろ。酒入ったら、殴る蹴る、めちゃくちゃや、手つけらへん。学校から帰ったら健一の服全部洗濯して畳んであってんやて。捨てられてん、珍しくしんみり言うとった……あっ、この話、絶対誰にも言うたらあかんで」

健一が胸元で嬉しそうに笑い、母も微笑んでいる。長いリボンもスカートもそよいでいた。写真のことは浩の胸だけに収めた。

家に帰ると母は段ボール箱を隅に天井まで積み上げ、一人お茶を飲んでいた。内職がひと段落したのだろう。

「母ちゃん、金村とこでドブロク買っててんねんやろ。今その家行ってきてん、正泰言うねん、僕と同じ組の子や」

スズメの話はしない方がよいと思っている。

「へー、あの男の子、そうやったん。お母さんは起きていた?……やっぱりまた具合ようないねんなあ」

「お姉ちゃんとも会ったで」

浩はお姉さんのことを聞けるのを期待して母の横に座った。

「きれいな子やろ。今あの子が働いてるから家計がだいぶ助かって食っているみたいや。まだ二十歳になったばかりやのに。お父さんが早よ死んで、お母さんは無理がたたって病気がちやし、姉ちゃんが中学卒業してからずっとや、偉いで」

浩はえくぼを思い出している。

「お父さんはな、マリアナ諸島？　いや、マーシャル諸島やったかな、ともかく南方で爆撃受けて右腕飛んで、耳も聞こえんなってな、左手一本でリヤカー引いてクズ屋しとったけど、酒の飲みすぎで肝硬変で死んだって。酒飲むと、日本人として兵隊行ってるのになんで障害年金くれへんのや、戦争まだ終わってない、言うのが口癖やと奥さん言うとった」

奥の薄暗い部屋の壁に掛けてあった写真がそうだと思った。

「そんで、姉ちゃんは何の仕事しているのお……」

母なら聞いてもいいし、知っていると思った。

「そんなん知らんでええ。人間、働かな飯食われへんやろ」

母はよいしょと立ち、コップを持って台所に行った。

学校が終わり、下校時いつものように健一ら五人と連れ立って帰った。今日、正泰は学校に来ていなかった。スズメ取りに行っているのだろうか。あれからもう数日が過ぎている。正泰とは一言ふたこと言葉を交わすようになり、二人の秘密の約束事が目くばせだけで通じている親しみを感じた。これまでも学校を休みがちだったが、今は休んだ日はどこかの屋根に上がっているのでは、と心配と期待もした。

今日の帰りの話題はスズメの子の話だ。三年生の誰々は二〇〇円で買ったとか、山下が得意そうに喋っている。

「おい、それどこで買うねん、誰が売ってんねん」

健一が話の中に入ってきた。語気が強い。浩は知らないふりを決め込んだ。

「同じ組の金村と思うで。あのペンキの川渡った汚い家で、目落ち込んで背の高いガイコツみたいな奴から買った言うとった」

「チョーセン村でガイコツみたいな奴……金村に違いない。あいつ、勝手なことしやがって、野郎が」

健一は山下を睨むように言った。

「金村、今日学校休んでるから、ひょっとしてスズメの子取りに行っとんと違うか」

山下は上唇をぺろっと舐め、告げ口するように健一を見上げて言う。

「……なに、前に、ペンキ会社の社宅のところで屋根上っているの見たことあるてえ。山下、そこ案内せえや」

健一は「お前らも来いや」と残りの三人に首を回して見る。浩も含め三人はもじもじしながら、「帰るわ。今日用事あんねん、……そしたら」などと声を掛け一団から離れようとする。

「浩はちょい待てや。お前最近、金村と喋っとうやろ、そやから来いや」

浩はドキッとしたが、スズメの件は分かるはずがないと自分に言い聞かせた。

山下を先頭に健一、浩と続く。山下は健一のカバンも持っている。社宅までは近回りの細い抜け道の路地をくねくねと一列になって歩く。路地を抜けて車道に出る。ペンキ工場の煙突が見え、金網柵で囲まれた工場横手に同じ平屋の社宅が並ぶ。金網の中には高さ二メートル程の夾竹桃が隙間なく植えられ、生暖かい風にざわっと一斉に揺れている。

「学校終わっている時間帯やからもうおれへんかもしれんし、違うところ行っているかも……」

郵便はがき

お手数ですが切手を貼ってください。

101-0061

東京都千代田区
神田三崎町3・3・3
太陽ビル301

新幹社 編集部 行

●姓名（フリガナ）　●年齢　歳　●性別　男・女

●住所　●郵便番号

●職業　❶公務員 ❷会社員（事） ❸会社員（技） ❹商店勤務 ❺農・漁業 ❻教職関係 ❼自由業（医師・弁護士など） ❽自家営業 ❾学生 ❿主婦 ⓫無職 ⓬その他［　　　］

●購入書店名

新幹社
愛読者カード

●書名をお書き下さい [　　]

●本書のご感想や、ご希望など……

●これからの出版について、ご希望のテーマなど……

●本書を何によって知りましたか？
❶書店の店頭で
❷新聞・雑誌の広告などで
紙名、誌名をお書きください [
❸書評で
紙名・誌名をお書きください [
❹その他 [

●今後、このカードで出版御案内させていただきます。

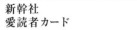

山下の声が小さい。

「土手の上から見たらよう見えるやんけ」

そう言うと健一は土手の方に向かって小走りになり、土手斜面の草を踏んで登って行く。浩と山下も遅れまいと後に続いた。土手の上は幅三メートルほど平地になっていて一面草でおおわれている。車は入れなくなっており、人と自転車が通る中心部には三十センチ幅の茶色い地面が見え、一本の筋となり遠くに先が見えなくなるまで土手の背中に続いている。

三人は荒神川と反対の方向を見る。社宅の屋根が碁盤の目のように几帳面に並び、その先にAの字のような高圧送電線の鉄塔があり、電線が薄く見え、次の学校横の鉄塔まで空中をツーっと走り、その先に学校の屋上が小さくうかがえる。更にその向こうには六甲山の稜線がかすんで見える。三人は黙って目を凝らし首をゆっくりと回す。浩も近く遠くの屋根を舐めるように見回す。

社宅群の端を外れた先、鉄塔の下あたりの屋根に黒い点が見えた。かすかに動いているようだ。顎を上げ目を細めて一点を睨む。人だ。正泰に違いない。浩はとっさに顔を反らし別方向を見て、生唾をごくりと呑みゆっくりと口を開いた。

「山下、いないみたいやな。……今日はあかん」

「そおやなー」

山下は気のない返事をしたあと、健一に、

「健一君、今日はもう帰ってるわ」

健一は「うんーん」と唸り、鉄塔の方向を見ている。

「おい、あの黒い点、動いとるぞ。あれ違うんか」

健一は鉄塔下を指さした。

金村に違いないと、健一と山下は叫び声をあげ、土手の斜面を滑るように走る。浩もついて走るしかない。下に降りると鉄塔は見えずその方向にむかって三人小走りとなる。健一は路地には入らず車道を先頭に走る。先を行く健一の上に鉄塔の先端部分が家々の間から見えてくる。健一は走るのをやめ、早足で歩き、鉄塔あたりを見渡しながら土手から見た家の位置を確認しているようだ。

「鉄塔の右隣あたりで、確かこの辺や」

健一は首を左右に振りさっき見た屋根を探している。山下はその前を走りキョロキョロしている。浩は付かず離れず後に続いたが、正泰が見つからないことを祈った。

「おったぞー」

山下の声がする。健一が走る。浩も走った。家を曲がった先にある四角い空き地の真ん中にある送電線鉄塔の下に正泰はいた。

鉄塔の先端は天を仰ぐ格好でなければ見えない。三十メートルはゆうにあるだろう。それを支える四本の太い鉄パイプの根元は、大きな座布団くらいの立法形のセメントに固められ、一辺が七、八メートルの正方形を作っている。その周りを中に立ち入らないように金網の柵で四隅を仕切り、金網には「危険！　立入禁止」の看板が針金で留めている。金網柵には前輪のない自転車が立て掛けてあり、その周りにはごみ袋や空き缶や瓶などが散乱している。

正泰はその前に紙袋を持って立っていた。正泰は駆けてきた三人に驚いた様子で金網を背中に三人の顔を見回した。

「おいこら、金村、お前学校ずる休みして、よその家入ってスズメ盗んどうやろ。俺ら今見てんぞ。ほんでそれ売って金儲けしやがって……泥棒やんけ、先生に言うたる」

健一は息を弾ませて、飛びかからんばかりに一歩前に出た。正泰は少し後ずさりしたが背中が金網に当たり柵が軋んだ。正泰は浩を睨み、何か言いたげに唇を開きかけたがきつく閉じた。唇が「へ」の字になっている。浩は小さく首を振り、正泰を見返す。

「その袋のなか、盗んだスズメの子やろ、見せろや。……見せんかえ」

正泰は袋を抱きかかえる。健一は紙袋を鷲摑みにして、引っ張った。紙袋は裂け、中に入っていた箱が落ち、その中からピンポン玉くらいの赤黒い塊が二つ地面に転げる。

「何するんや、あほ！」

正泰は目を剝いて、健一を手で突き、しゃがみ込んでうごめいている赤黒い塊を拾おうとする。塊はチィチィと、か細い声をあげ黄色い口を開けている。

「なにがあほじゃ、このチョーセン」

健一は膝を高く上げ正泰の背中を足の裏で踏みつける。正泰はつんのめり、よろけてスズメのヒナの上にかぶさる。瞬間、正泰は片肘をつき胸の下のヒナを庇っている。健一は目を吊り上げて罵声を浴びせながら何度も背中を踏んだ。正泰は両肘をつき首を持ち上げ苦痛に満ちた顔で健一を睨んだ。

健一は感情のタガが外れたように息が荒くなり、今度は横腹を蹴り上げる。正泰は「うぎゅ」と呻き声をあげ、体を開き仰向けになり手足をばたつかせもがいている。その横でヒナが二羽寄り添って鳴いている。

「これが盗んだスズメか……こうしてやる」

いきなり健一は足で小さな塊を踏んだ。鳴き声は途絶える。

「うわあー、なにするんや」

気がつくと浩は健一を突き飛ばし、寝転げている正泰とつぶされたヒナの前に立ち塞がった。不意を突かれた健一はドスンと尻餅をついた。横にいた山下はあっけにとられ後ずさりをする。健一は肩を怒らしゆっくりと立ち上がり、叫んだ。

「お前もチョーセンか！」

浩は、唇を噛み健一を睨んだ。あの母、子の写真がよぎる。健一の目は怒りの中に悲しみをたたえた、いつか見た般若のようだ。

「くそっー」

わめき、健一は浩に飛びかかる。浩は転び、仰向けになった腹に健一は馬乗りになり右、左と狂ったようにゲンコツを顔に浴びせる。生温かい鼻血が頬を伝い地面に垂れる。浩は両手で顔を抱えるように庇う。その上からも容赦なく健一の握り拳が振り下ろされる。

「辞めんかえ！」

正泰が健一の後ろに立ち叫んだ。ビール瓶を逆さに握っている。正泰は金網にもたれている自転車のハンドルにビール瓶の尻を思いきり叩いた。パァンという乾いた音がし、炸裂した破片が飛び散る。瞬間、健一は首をすくめ、浩は目をつむる。

目を開くと、鋭く尖ったビール瓶の注ぎ口を持った正泰がいる。手が小刻みに震えているのを浩は見た。

「さ、刺すんか。やるなら、やってみんかえ！」

健一は浩から体を離し立ち上がって正泰を睨んだ。山下は「わっ」と叫び、二つのカバンを捨てどこかに逃げ去る。地面からは、対峙する正泰と健一、その間に鉄塔の先端が見えた。

正泰は一歩前に出て、尖っているガラスで自分の左腕を刺した。血しぶきが吹きあがる。

「これでも辞めへんのか」

健一は後ろに一歩下がる。

「な、なんやおまえ、舐めた真似しやがって」

正泰は瓶口を握ったまま、健一にすり足で詰め寄る。ドクドクと溢れた血は前腕から何本かの細い糸を引いて地面に流れる。落ち込んだ目を見開き、瓶を胸まで上げ更に寄る。

健一は口を開け眉間にしわを寄せながら後ずさりをする。

「い、いちびったまねしたら承知せえへんからな。お、覚えとけよ、くそっ」

健一は自分のカバンを摑み、よろけながら来た道に消えていった。

浩は鼻を手首で押さえ、ふらつき立ち上がる。

「正泰、腕大丈夫か」

正泰は尖ったビール瓶を自転車横に捨て、ポケットから丸まったハンカチを取り出し、傷口に当てた。

「大丈夫や、奥まで刺してない。おまえこそ大丈夫か」

浩は指の腹を鼻に当て血が引きそれほど出ていないのを確かめる。唇も切れてひりひりするが、手の甲で拭き取った。

「スズメ、可愛そうやなあ。……お墓作ったろ」

浩は金網の横に置いていたカバンを開け、ノートを取り出しパラパラと捲って白紙の二枚を破る。浩は両手で赤黒い塊を土ごと掬い取り、地面に敷いた白いノートの上にそっと置く。その上にもう一枚のノートを被せた。正泰は横で前腕を顔をゆがめ押さえているが、そのハンカチの血のにじみが増えているようだ。

浩はごみの中から棒を拾い出し、金網の傍らの草を引き抜いた所にどんぶり鉢くらいの穴を掘った。ひらひらと揺らいでいる白い柩を浩は両手で崇めるようにその穴に収め、その上に掘った土を被せる。正泰がふっとどこかへ行き、戻ってきた時にはハンカチを抑えている手に四、五本のレンゲの花が握られていた。レンゲを真新しい土の上に置き、浩は両手を合わせ、正泰は右手だけで拝んだ。

家に帰ると母は段ボールの向こうで相変わらず鼻歌を歌っている。浩は黙って台所の水道で顔を洗う。鼻血は止まっているが唇の中が切れているのか血の混じった唾が出る。歯を噛み合わしカチカチ鳴らす。歯も顎も大丈夫だ。正泰の傷は大丈夫だろうか。

夕食の時に母は初めて目の周りの紫色のあざに気づいたようで、「あんた、それどないしたん」と一大事のように大声を出した。何でもないとおかわりの茶碗を差し出す。父はちらっと浩の顔を見て、舌打ちをしコップ酒をあおった。

次の朝、顔も体の節々も痛く、学校へは行きたくなかったが、休むと健一に本当に負けたような気がしたので、殴られても仲間外れにされてもいい、やるならやってみろ、と気持ちを奮い立たせ布団を蹴った。父は「しょうむない、ケンカするな」とひとこと言葉を落とし、玄関先の自転車荷台に作業服と弁当の入った袋をくくりつけ、重そうにペダルを踏み込む。母は締め切りが迫っていると朝から段ボールの砦に籠っている。

教室に入ると後ろの方で健一を中心に三、四人がたむろしている。浩もいつもならその中にいた。健一がこっちを見ている。目を合わさず知らんぷりで席に着いた。正泰は来ていない。授業中は正泰のことばかりが頭に浮かんだ。色の川を渡り家まで様子を見に行こうと考えた。昼休みになった。健一が何かしてくるだろうと弁当を食べた後、覚悟をして席に座っていた。山下が席まで寄って来た。

「浩、健一からや。金村によう言うとけ、『もうせえへんから、お前もすんな』と。あいつらなにするか分からへん奴らやからな。浩、戻るんやったら、金村と喋るな。後は俺がうまいこと言うたるさかい。……それだけや」

山下は浩と目を合わさず早口で言う。浩は黙って聞いた。もう健一らとつるむことはないだろうと思った。

学校が終わり、健一らが帰ったのを確かめて校門を出た。待ち伏せしているかもしれない。それはその時だと腹をくくったが、用心深く何度もうしろ前を確かめながら歩いている。家に着くとカバンを玄関上がりかまちに放り投げる。段ボールの向こうからは訳の分からない鼻歌が響いている。

色の川の板橋を渡り迷宮の道を急ぎ正泰の家を目指した。軒の低さに首を曲げ正泰の家の戸を軽くトントンと叩く。

「すんませーん、金村君いますか。田中でーす……」

返事はない。もう一度戸を叩き、同じことをくりかえす。耳をすましたが人の気配も感じない。誰もいないのか。寝たっきりの正泰の母はいるだろう。さらに強く戸を叩く。浩はゆっくりと首を左右に振り周りに誰もいないことを確かめ、戸の節穴に目を押し付け中を窺ったが薄暗くてよく分からない。

しばらく佇んでいたら隣の家の戸が開き、おばさんがぬーっと出てきた。浩を一瞥し頭に巻いたタオルをほどいた。

「金村さん、誰もおらへんで。お母さんが今朝な、病院に運ばれたんや」

浩はお礼を言い、節穴の空いた板張りの戸をもう一度眺め家を後にした。

次の日も正泰は学校に来なかった。これまでも何日も休んだことはあったのだろう、先生もクラスの皆も何も言わない。浩もこの間の正泰とのことがなければ窓側の後ろにぽつんとある空席を見ることもなかったはずだ。学校が終わり、昨日と同じように家にカバンを投げ込んで正泰の家に駆けて行ったが、節穴の空いた戸は閉じたままだった。

その翌日、梅雨の走りにしてはまだ早いが、昨晩から本降りの雨が降っていた。朝のクラス会のとき先生は、「金村君が休んでいますが誰か理由を聞いている人はいませんか、連絡が取れなくて困っています」とみんなに伝えた。山下が振り向いて後ろの席の健一と目を合わせた以外、他のクラスの者は能面のような顔で聞いている。浩は今にも飛び出し正泰の家に駆けこんで行きたい衝撃を抑える。

チャイムが鳴りいつもの短い喧騒の後、無機質な授業が始まる。浩はその日も授業は頭に入らない。正泰の母がその後どうかしたのか。やせ細った白い顔とエフンエフンと腹から湧き出る咳を思い出す。正泰の傷はどうなったのか。僕のスズメはどうしているのか。後ろにぽつんとある空席横の窓にはさらに激しさを増した雨しぶきが飛び散り、時折閃光も走る。

終礼のクラス会が終わり、すぐに浩は家に帰る。傘をさしてきたが、横殴りの雨やぬかるんだ水たまりで靴も服、カバンもびちゃびちゃになっている。母は上がりかまちに新聞紙を二重に敷きその上にタオルを広げる。

「早よう、服脱ぎ、ズボンもや。体拭いて」

湯上りタオルで浩は頭をしごかれる。

「もうお。自分でするから」

浩は母からタオルをひったくり、全身をささっと拭いた。下着も交換し準備してくれたズボン、服を着る。カバンの中のべったりとした教科書やノートも引っ張り出し、重ならないように床に並べる。段ボール箱と広げた教科書などで足の踏み場もないくらいだ。すぐの正泰の家に行こうと靴を履いたが冷たい。

「浩、こんな雨にどこ行くねん」

浩はそれに答えず、玄関戸を開けた。ザーっという音とともに太い雨が玄関土間まで入ってくる。薄暗い空が瞬間青むらさきに染まり、そのあと直ぐにドズンと地響きがした。雷が更に近づいて来ているようだ。

「あんたあ、出たら雷に打たれて死ぬで」

浩はもう一度玄関から空を眺めた。滝のそばにいるように雨音がすべての音を消している。浩は仕方なく上がりかまちに腰を下ろした。今日はやめておこう。浩は靴を脱ぐ。今はいた靴下も濡れて足にまとわりつき、力まかせに剝ぎ取った。

その後雨脚は衰えるどころか風も加わり窓ガラスを激しく叩く。浩は教科書を壁横に寄せ、できた隙間に寝ころび窓に飛び散る水しぶきをぼんやりと見ている。

空耳なのか、ザーという雨音の中にトントンと叩くような音を感じた。浩はがばっと上体を起こし首をひねって玄関を見る。ドンドン、田中浩君、いますか、確かに聞こえた。正泰？　浩は飛び起き玄関土間に裸足で立ち、引き戸を思い切り開ける。戸は勢い余ってガンと反対の枠に当たる。

筋のように降り注ぐ雨のなか、正泰は右手で傘を持ち、包帯が巻かれた左手はビニールでくるんだレンガくらいの大きさのものを胸に抱きかかえ立っている。両肩からは雨だれが垂れ、ズボンは水に落ちたように脚にへばりついている。

「おお、正泰。早よこっち入り……。母ちゃん、金村君や。タオルタオルいっぱい、熱いお茶も」

正泰はビニール包みを浩に渡し、家には入らず傘をさしたままだ。

「それ……スズメや」

雨音でよく聞き取れなかったが、確か正泰はそう言った。浩は二重になっているビニールの袋をはがした。正泰の家で見た厚紙の箱だ。蓋を開けるとあの黄色い口ばしを広げ足をばたつかせてチイチイとうごめいている。

「僕、こんなお金ないで」

「お金、ええわ。みんな大事にしたってな」

「え、なんでや」

正泰はうつむき黙り込んだ。

「浩、早よう中に入ってもらい。金村君、さあこれで拭いて」

母はタオルの束を持ってきて浩の後ろに来た。雨は容赦なく降り、玄関先で傘を差している傘先から雨だれが激しく玄関土間に流れ落ちる。

「母ちゃん、死んでもた。病院行ったけど、治る病気違うねん。ほんで、俺明日から浜松のおばさんの家で暮らさなあかんねん。姉ちゃんは大阪で住み込みで働くそうや。そやから、それみんなやる」

「え、亡くなったって……」

母はコンニャクのようにその場にへたり込んだ。

「オモニ、いやお母ちゃん、同じ組の子が来てくれたいうて、最後まで喜んどった」

正泰は顔を上げ口角を広げて笑い顔を作った。

「ほな、時間ないし帰るわ。学校にも寄れへんから。あんな、一番小さい奴、元気ないから、気を付けて見たってな。おッ、それから、腕の傷もガラスの破片取って大丈夫や」

左腕を重そうに顔まで上げた。

土砂降りになり薄暗くなってきたなか、正泰は後ろをふり向くことなく滝の中に入るように消えていった。箱の裏には五羽のヒナの特徴と名前が丁寧に書かれていた。浩にはみな同じように見えたが、一羽だけ小さく元気のないやつがいた。他のヒナたちは相変わらず大きな口を開けチィチィと鳴いる。


浩はスズメのヒナの世話をし、眺めるのが一番の楽しみとなっている。正泰からヒナをもらってからすでに半月は経っている。五羽のヒナは小さな羽毛が生え、やがて翼に成長して、今や一丁前にパタパタと飛ぶ練習を始めた。

浩は誰にも売らなかった。売れば正泰との信頼やつながりが切れると思っている。内職の段ボール箱を二つ合わしても日々成長する鳥たちには手狭になり、チュンチュンと声変わりもし、部屋の中をあちこちに当たりながらぎこちなく飛び回っている。

「浩、スズメ邪魔で内職でけへんわ。父ちゃんも怒って食べてしまうど、言うてたよ。スズメもかわいそうや、大空飛びたいやろに」

母は段ボールに止まったスズメを手で追いながら口を尖がらせた。

梅雨が明け、乾いた陽射しと初夏の青空が広がる。浩は段ボール箱を抱え、生い茂る夏草を足でかき分け土手の上に登った。草いきれでむっとする。朝鮮人集落もペンキ工場、社宅、あの鉄塔も見える。箱の中で飛んでいるのだろう、さっきからバタバタとせわしい音がする。浩は観音開きになっている箱のふたを開ける。スズメたちは驚いたように上を向き、四羽がさっと飛び立った。酔っぱらったようなふらついた飛び方でばらばらの方向に散って行く。

「やっぱりお前が残ったか。お前のご主人の正泰が心配しているぞ。ほらこい」

浩は箱の底に人差し指を入れ、指先を軽く上下し促す。いつものようにちょこんと両足で指をつかむ。浩は顔近くまで指に乗っているスズメを上げる。

「お前、死ぬと思ったけどよう頑張った。今日からはひとりやなあ……」

浩は指を勢いよく頭上に上げた。スズメは驚いたように羽を広げ飛び立ち、浩の上を二、三回まわりチュンと一声上げた。そして鉄塔の方向に飛んで行き、薄く張って見える電線の中に消えた。

「しんどかったら、いつでも帰って来いよおー」

鉄塔に向かって浩は叫んだ。

草むらの小屋

一

アボジ（父）に歳の離れた腹違いの弟、私の叔父に当たる人が大阪にいるらしいということは知っていたが、会った記憶はない。

叔父と一緒に住むことになるとアボジが晩ご飯の時に突然言い出したとき、オモニ（母）は持っていた茶碗をドンと叩くようにお膳に置く。横の椀から汁が跳ね上がった。

「あの疫病神、源鉄が来るのか。うちらが今までどんな嫌な目にあったか、あんた、忘れてないやろ。何で勝手に決めたんや。うちは嫌やで」

「そない言うても、お前な、他に身寄りもないし、わしだけが身内や。施設もお手上げでな……しゃないやんけ」

アボジは自分に腹を立てるように、湯飲みのドブロクをぐっとあおった。結んだ口に白い線が走る。

神戸市の水道水源確保のために山間部にある黒谷川に貯水ダムをつくる工事が始まったのは戦前からで、そこで働いていた朝鮮人労働者のうち戦後も本国に帰れず飯場に残った二十軒ほどがこの横口の集落をつくり、もう二十年は過ぎた。

集落は黒谷川とそれに平行したバス道の間の木と草で囲まれた世間から隔離されたような場所にある。ダム工事の時に掘った井戸を中心に同心円状に平屋の家が建って集落をなしている。周辺には人家もなく、訪れるのは郵便配達人くらいだ。

次の日、私が中学校から帰ると、家の前には太さ十センチ、長さが二メートルくらいの角材が数十本、寝かされ積み上げられている。アボジはそこに腰掛けて煙草をふかしていた。

「昭男、ちょうどええ、お前も手伝え」

鼻から勢いよく煙を吐き、よいしょと立ちあがった。

角材を三本抱えて黒谷川方向にむかうアボジに続き、私も二本抱え足で草むらの雑草をかき分けながらのろのろと三十メートルほど進む。そこにはすでに六畳ほどの骨組みだけの小屋が出来上がっていた。

「朝から隣の文吉さんに無理言うて手伝ってもうた。もうじき来るはずや」

アボジは抱えていた木を小屋前にバサッと落とした。私も同じところに下ろす。

「この小屋、何に使うの？」

私は腕に付いた木の汚れを叩きながら聞いた。アボジは私の顔をちらっと見て、黙って角材を垂直に二十センチほどの間隔で粗い骨組みに金具で留め始めた。

「昭男、残りの木、運んで来て」

アボジは作業を続けながら言った。

「昭男ちゃーん、私も手伝いに来たよー」

声の方を振り向くと、角材を抱えた春江と父親の文吉さんが草を足で分けながらこちらに向かって来ている。文吉さんはいつものようにエフン、エフン、と微かに腹で咳をしている。アボジは作業を止め、二人を迎えた。

「文吉さん、いつもすんまへんな。春ちゃんもか、ありがと」

アボジは煙草を取り出し、マッチを擦った。

「あと横側に縦と同じ間隔で角材を付けて、格子状になったらかっこはつくやろ」

「昭男ちゃんのアボジもわしも、大阪で一緒に建築作業員したことあるから、こんなんお手のもんや」

文吉さんは、金具で止めた角材に力を掛けて揺すぶりながら私を見た。角材はびくともしなかった。春江は骨格だけの小屋の中を覗き首を左右にふり、

「何これ？　窓も無いようやし、鳥小屋みたいやけど、鳥にしたら木が太過ぎるしな」

ふふふ、と笑いながら独り言のように呟いた。

「鳥やったら、ええんやけんどなあ」

アボジはハアーと長い溜め息をつきながら言った。

春江と二人で残りの角材を運び終えたときには、屋根の板張りは終わっていた。

「あと横は、壁周りの板張ったら終わりや。文吉さん、悪いけど電気の工事頼むわ」

アボジは何本かの釘を爪楊枝のように唇に挟み、もぐもぐと言った。

私は文吉さんの指示通り、小屋から家までちょっと硬い電線を地面に這わせた。「ありがと、これで電灯が点くで」文吉さんは私から電線の先端を受け取り、何度か両手を広げて長さを測った後、ペンチで切った。そして、壁沿いから上に線を留めていった。暫くし

て部屋に二股ソケットに四十ワットと豆電球がついた。

春江と私は並んで作業を見ている。中学三年生の春江とは同じ歳、生まれた時から隣同士で、兄妹《きょうだい》のように育った。二人が一歳になったとき、親たちは子どもたちがスクスクと大きくなるようにとポプラの木を二つの家の間に植えた。アボジが穴を掘り文吉さんがそこに苗木を置き、よちよち歩きの二人にそれぞれの母親が土をかけるまねごとをさせた。この木は天まで伸びるだけでなく勇気や希望という意味合いもある、と事あるたびに物知りの文吉さんは植えたエピソードとともに二人に言って聞かせていた。

二人は小学校までは一緒に学校に通っていたが、中学からバラバラに通うようになった。学校が遠くなっただけが理由ではない。春江と一緒にいたいと思えば思うほどに、春江から遠ざかった。春江の胸のなだらかな膨らみや唇の透きとおるような薄紅色、足首の細さと白さ。春江の全てを触れてみたい、そんな思いが時々自分でも抑えきれないくらい突き上がってくるのだった。

「昭男ちゃん、ここ誰か住むのん？」

私の顔を覗きこむ春江の瞳が眩しくて見返すことができない。

「知らん」

もっと優しく言えないのか、自分がもどかしく情けない。

春江の母・和子さんはこの集落ではただ一人の日本人だ。オモニが言うには、東京のえとこのお嬢さんで、文吉さんがなんやらいう国立大学の大学院にいたときに学生結婚したと聞いた。「赤」の運動をしていて二人ともここに逃げて来た、とひそひそ声になった。文吉さんは胸の病気もあり今は働きに行くことができない。家計はドイツ語翻訳が収入源となっているらしいが、時々東京の出版社から依頼が来るくらいで生活は大変だ、と珍しく和子さんが愚痴を言っていたとオモニはつけ加えた。

日が暮れてきたころ、ほぼ小屋は出来上がったようだ。アボジは入り口ドアの鍵をつけている。それができれば完成だ。私は中に入って見る。天井がなく、床は板張りで半畳くらいの玄関土間から五十センチほど高い。窓がないので息苦しい気がする。

「しかし、えらい頑丈な鍵やな。ライオンでも入れるんか」

中腰になって鍵を付けているアボジの後ろで文吉さんはズボンの埃を叩きながら声をかけた。

「そうやあ。……よっしゃ、できた」

アボジは、うーと唸りながら両腕を上げ、思い切り背伸びをした。

小屋の周りの草木が激しくざわつき、山の上の黒雲が何かに追われるように流れている。台風が予報通りに近づいている。

二

翌日台風は、進路を北西から次第に北に転じて現在は潮岬の南南西、四〇〇キロメートルに達し、中心気圧九五六ミリバール、最大風速四十メートル……近畿圏内の直撃は避けられそうですが、引き続き暴風雨には警戒が必要です、と今朝のラジオが唸っていた。

「こんな日は、土方《どかた》は仕事にならへん、ちょうどよかったわ。昭男も学校ないやろ」

朝ご飯を食べた後、アボジは玄関先で地下足袋を左右に握り、拍子木のようにパンパンと打ちながら言う。その埃が隙間の風に舞っているのが見えた。雨は降っていないが、家の周りの木々を揺さぶる風の音がうるさい。

昼前、玄関戸を大きく叩く音がした。アボジは読んでいた新聞をすばやくたたむと、大股で玄関まで行き戸を押し開けた。私は聞いていたラジオの音楽を切った。一緒にいたオモニも玄関の戸を見る。風が三人の男を押し入れた。真ん中の小柄で痩せて顔色が薄紫色の男を、両側の男が脇に腕を入れて支えている。

「こんな日に、遠い所、えらいすんまへん。狭いところですけど、まあ上がってください。母さん、お茶出して」

アボジは慌てたように言う。

「いやあ、お構いなく。お手紙でも申し上げましたように、施設ではこれが精一杯でして……誠に申し訳ありません。それで、警察の方は一応大丈夫ということでした」

右側のいかり肩の男がそう言いながら深々と頭を下げたあと、「おい」と左端の男を顎で促した。二人は真ん中の男を抱きかかえるように上がりかまちにそっと座らせ、いかり肩が抱えていたショルダーバックをその横に降ろした。真ん中の男は肩を落とし首をうな垂れ、糸の切れた操り人形ようにへたり込んだ。

「では、これで」

言うが早いかいかり肩の男は戸を押し、もう一人を促して逃げるように外に出る。アボジは慌ててゴムぞうりを引っ掛けて出ようとしたが、いかり肩ともう一人の男が気をつけの姿勢でまた深々と頭を下げ、戸を閉める。風も押しているのかドンと大きな音がした。

アボジは急いで戸を開けて集落入口のバス道に向かう二人を見送った。いかり肩が左右に揺れているのが部屋からも見えた。草木が激しく舞うように揺れ、風は強さを増しているようだ。

「源鉄、歩けるか。部屋に上がれや」

両手を床に付け、糸で操られるようにゆっくりと立ち上がって、ふらりと部屋に入って来た。手はだらりと垂れ、顔に表情は無い。私は固唾をのんで見ていた。

「ここや」アボジが抱えて座らせる。私の前に沈むように腰をついた。同時に空気が消えていくように六畳間は息苦しくなった。オモニは顔を合わさず、すっくと立ち奥の部屋にすばやく移った。

「よう来たな、あれから何年や。お前が二十歳のときやから……十二年ぶり、もう三十二歳か、早いもんやなあ。昭男が二歳の時、今は中三や」

顎で私を指した。

「源鉄叔父さんや。朝鮮語でサンチュンいうんや。昭男、挨拶せんかえ」

源鉄サンチュンはゆっくりと頭を上げ首を斜めにして私を見た。こけた頬、出っ張った頬骨、白目がちの細い目の奥は赤く光を放っているように見えた。

「あっ、こ、こんにちは」

私はその目に射られるように、体が強張った。

「へぇー、こんなに、大きくなったんか。わしが抱っこしたん覚えてるかぁ」

ねっとりとした言いまわしだ。薄い唇から涎がとろりと糸のように垂れている。サンチュンは、へっへっと肩を揺すり、手の甲で糸を撫で上げる。

「おい、お前もこっち来て挨拶せんかえ」

オモニは奥の半開きになった襖から顔を突き出し、頭だけを下げた。

「あー、義姉《ねえ》さん、ご無沙汰しています。厄介掛けますが、よろしゅうお願いしますぅ」

源鉄サンチュンは首だけをオモニに向けた。オモニは顔も見ずに立ち上がり
「昼ごはんの用意するわ」と一言残し玄関横の炊事場に行った。

雨も混じって来たのか板葺きの屋根が騒がしい。風に煽られた雨粒が窓を叩いている。

「兄さん、悪いけど昼ごはんいらん、今は食べたくない。聞いてると思うけど、今薬が入ってるねん。ほんま、こんな俺なんか死んだらええんやけど……。今度は本気でせなあかんと思とる。そやから、手紙にあったその小屋連れて行ってくれ」

隣の部屋からちゃぶ台を開く音や茶碗のあたる音、みそ汁の湯気の気配とキムチの匂いが漂って来た。

「ほんまはここで一晩くらい寝たらええと思ってたけんど。分かった、今から行こ。生活にいるもんは、後から運んだる」

アボジはサンチュンの脇に腕を入れ、よいっしょ、と一緒に立ち上がる。

「昭男、お前もそのサンチュンのバッグ持って一緒に来い」

オモニが戸を開け、雨風が押している戸を支えて、黙って私らを見送った。風が唸り、雨が渦を巻き、草木が激しく躍っている。時折閃光が走り、遠雷が聞こえる。

サンチュンは腕をアボジの肩に回し、アボジはその腕を掴みながら左手で傘の柄を握り一つ傘の中に入っている。ズボンの裾がはためいている。バッグを肩に掛けて私は後に続いた。アボジの傘は右に左に激しく捲られ、用を成さず、飛ばされそうだ。アボジは傘を捨てた。傘は糸の切れた凧のように空中に舞い上がり、くるくると回りひっくり返って地面に落ち草はらを這いずっている。

「昭男、傘拾って、先に行って戸を開けとけ」

後ろを振り向き大声で怒鳴った。私は傘を追いかけ捕まえ、風に煽られながらぎこちなくたたむ。私も、バケツ水を浴びたように全身から滴が垂れ落ちている。用を成さない私の傘もたたみ、二つの傘の柄を握り風に逆らいながら小走りで小屋に向かった。濡れた草が絡み、転げそうになりながら小屋にたどり着く。戸を開けると板間の床の所々が雨漏りの水で濡れている。私はシャツを脱ぎ、絞ってそれで床の水を拭きとった。天井からは、まだ水がぽたぽたと落ちてくる。

「おい、開けてくれ」

外から声がして私は急いで戸を開けた。アボジとサンチュンは一体になりどっと床に転げ落ちるように倒れた。床はまた水に濡れた。

アボジに言われるままに家に戻り、タオルをできるだけたくさんとサンチュンに着せる服やズボン、それと熱いお茶の入った水筒、さらにオモニは、おにぎりを持っていけと急いで握ってくれた。それらを大きなビニール袋に詰め込み私に持たせた。

小屋に戻るとサンチュンは、濡れた服のまま海老のように背を丸めて隅に小さく横になっている。

「おい源鉄、体拭いて、服着替えや」

アボジは源鉄サンチュンの体を揺する。二度目に揺すったときに、サンチュンはゆっくりと起き、背を向けだるそうに上着を脱ぎ、体に張り付いた黄ばんだシャツを剥ぎ取った。

瞬間、閃光が走り、青白い光が背中を横切る。私は「ヴッ」という言葉にならない音を呑んだ。般若が短刀を咥えて私を睨んでいる。血のような赤い顔をして激しく怒り、長く尖った牙を剥いている。首には蛇腹の白い鱗があり、全体に桜吹雪が舞っている。白目を剝いた般若の恐ろしい目は、なぜか私には深い悲しみを湛えたようにも見えた。

アボジは刺青をチラッと見て、ちっ、と小さく舌打ちをした。

「もう足洗ろたんか。……組とは腐れ縁ないやろな。ここで性根なおさんな人間終わりや」

アボジはタオルでサンチュンの頭をしごきながら、また舌打ちをした。サンチュンはすばやくシャツを着る。

「ほんま迷惑かけました。お金は必ず返しますよって。義姉さんには組のもんが何回も来て怖い目させ、すまんと思ってる」

サンチュンはうーと声を絞りながらまた横になった。

「源鉄なあ、……オヤジが死んでほんま、わしも正直ほっとしたんや。……布団とかほかいるもんは、後から持ってくるからちょっと辛抱してや」

部屋の隅で小さく丸まっている源鉄サンチュンに向かってアボジは言う。サンチュンは聞いているのか身動きもしない。

アボジは濡れたタオルや服などを拾い集めてビニール袋に詰めた。サンチュンはむくっと起き上がり胡坐をかいたが、肩が左右に揺れている。

「すんまへん……」

泣きごえのような声だ。アボジは「わかっとる」と大きく頷いた。

風雨が弱まってきたのか、小屋を叩く音が和らいできた。サンチュンを一人残して小屋を出るとき、アボジは南京錠を外からかけた。どうして、と言いかけた私の顔を見てアボジはゆっくり強く言った。

「ここの開け閉めはわしがする。ええか」

小雨になったぬかるみの草道を、ビニール袋を抱えたアボジの後に続いた。

小屋から少し離れたとき、アボジは立ち止り静かに私に言った。そして、お前も子どもと違うし、身内のことだからとサンチュンの話をした。


アボジの母（祖母）が亡くなったあと、オヤジ（祖父に当たる人で、私が生まれた時にはすでに亡くなっていた）は町の飲み屋で働いていた日本人の若い女を家に連れ込んできて一緒に暮らし始めた。その女は源鉄を産んで三歳になる前に男を作って逃げ、オヤジは狂ったように探しまわったが見つからない。源鉄が成長するにつれて、その女に似てきたということで、することなすことに病的なほどきつく当った。オヤジが暴れはじめると誰も手がつけられない。殴る蹴るは日常のことで、雪の降る夜に外に放り出したり、夏の暑い日中に木に縛り付けたり、ひどい折檻をした。

何のことでそうなったかは分からないが、源鉄が小学校四年くらいの時だった。三日も四日も食事を与えなかった。目は落ち込み、息は絶えだえで、ぼろのように横たわっていた。オヤジはご飯を炊いて、源鉄に食わせた。源鉄はむさぼるように飯をかきこんだが、すぐに吐き出した。小石と砂が混ざった飯だった。オヤジは閉じた源鉄の口をこじ開け、狂ったようにわめきながら、手でその飯を押し込んだ。そのオヤジの顔は人間ではなかった。アボジはおろおろと横でただ震えているだけだった。源鉄は手足をばたつかせ、もがき苦しみ意識をなくした。源鉄は死んだと思った。見かねた近所の人の取りはからいで手当をし死なずにはすんだ。

源鉄が中学になったある日、いつものように些細なことで殴られていた。そのとき源鉄は初めてオヤジを睨んだ。その目つきが女と同じだ、と気がふれたように薪でしばきまくった。源鉄は体をダンゴ虫のように丸めかばったが、薪には血が染み付いていた。殺されると思ったのだろう、源鉄は転がりながら納屋にあった鎌を摑み、オヤジに飛びかかった。鎌はオヤジの脳天を外れ、右耳を削ぎ落し肩に食い込んだ。オヤジは倒れ、肩に鎌を残したままのたうち回った。源鉄は、うわおお、と泣き叫びそのまま家から逃げ出した。オヤジは命には別条なかったが、源鉄はそれっきり帰って来なかった。

「源鉄には出来るだけのことをしたい。……そんで今度こそ直して真人間になってもらうんや」

アボジからこんなに長く話を聞いたのは初めてだ。私もサンチュンが元気になるためには何でもしたい、しなければと強く思った。

その夕方、アボジは布団を肩に担ぎ、私はおにぎりと汁の入った口の広い水筒、お茶の入ったやかん、茶碗、コップはバケツに入れて小屋に向かった。鍵を開け戸をひらくとサンチュンは横になっていて、かすかに唸り声を上げ、体を左右に揺すっている。アボジはその横に布団を敷きサンチュンを引っ張りそこに寝かせた。

「悪いけど、バケツに用をたしてな。そんで、晩ご飯置いとくから」

アボジは座りながらサンチュンの顔を覗いた。私はバケツを床にそっと置き、中のものを取り出し並べる。バケツの底にこぼれていたお茶を玄関土間に捨てアボジの横にそっと座る。

「もうええで兄さん、後は俺しだいや……」

サンチュンの体の揺れは大きくなり、眉間が盛り上がり息が荒くなる。

「帰って！」

鋭く叫びながら、サンチュンは布団を頭から被った。私はびくっとした。どうしたのだろう。

「よし昭男、家もどろ」

アボジは勢いよく立ち上がり、私の肩を叩いた。部屋は暗くなり、夕闇が音も無く部屋に迫って来ていた。

アボジは南京錠をかけた後、鍵を二度強く引っ張り、掛っているのを確かめた。中から呻き声が聞こえ、声にならない叫びも聞こえはじめた。アボジは「来ょったか」と一言呟き、くるっとひるがえって家の方に早足で向かった。

夜には雨風も止み、星さえ出ていた。コオロギの声が聞こえ始めた。

「ここ二、三日が山場や」

アボジは晩ご飯の時、酒を飲みながら、自分に言い聞かせている。サンチュンのことなのか、しかし聞いてはいけない気配を感じる。

その日は早めに寝た。昼間雨に濡れたせいか、少し熱っぽく体がだるい。夜、寝汗をかき、首すじを手の甲で拭うとぬるりとしている。下着も湿っぽい。何時頃か。常夜灯の豆電球で薄暗い部屋はアボジのいびきだけが聞こえている。その横でオモニは寝息を立てている。喉が渇いた。私は布団からするりと抜けて、壁側の箪笥から下着を取り出し着替えた。汚れものを入れる箱は炊事場横にあり、私とアボジ、サンチュンの濡れた服の上に下着を投げ入れた。

水をためている甕《かめ》まで、炊事場にさし込んでいる月明かりを頼りに行く。木蓋《きぶた》の上にある柄杓《ひしゃく》を取り、蓋を持ちあげて水を掬い、一気に飲んだ。体からふぅーと溜め息が漏れる。一息入れ落ち着くと虫の鳴き声がうるさい。布団に戻ろうとした。いや、やっぱり違う、あの野太く響く音は虫の声ではない。

「えぐ、ぐぐ、うぐ、あぐ、ぐぐ……」

炊事場の窓をゆっくり開け外を見た。月の仄明るい光の中に草木は眠っている。ポプラ横にある隣の春江の家、その向こうにぽつぽつと見える家いえも暗く静まりかえっている。

「あぐ、ぐぐ、えぐ、ぐぐ、うぐ……」

何の音だ。時折「ばんっ」と叩くような音。

疲れていびきをかいているアボジは起こしたくない。よし、一人で行ってやる。急いでズボンをはきシャツを引っ掛けた。玄関戸を開けた横に二メートル程の棒が壁に立てかけてある。それを摑んでひと振りして、音の聞こえる方を見た。月明かりであたりが薄く見えている。怖い。恐怖を感じている情けない自分を責めたて強引に足を前に出した。

また聞こえる、サンチュンの小屋の方向からだ。草はまだ雨の水気を含んでおり私のズボンの裾を濡らし重くする。足で草を搔き分け、音のする方に用心深く向かう。暗闇に目が慣れてきて小屋が見えてくる。また聞こえた、はっきりと。音は人の呻き声に違いない。今度は戸を叩く音、どん、どんっ、止まった。また声だ、

「えぐ、ぐぐ、うおぐ……」

私は急ぎ足で小屋に向かい、ゆっくりと近づく。声をかけるのを抑えて、様子を窺う。音はしない。板の隙間から片目を凝らして中を覗いた。目が豆電球の薄ら明かりに慣れてきた。

「うおあっ」

体の奥から出る叫びを手の甲を嚙み押さえた。般若が睨んでいる。薄暗い部屋のなか真

っ裸のサンチュンが転げているようだ。六畳ほどの部屋は、布団は斜めになり、衣服は散らばっている。白目を剝き、だらしなく空いた口からは涎が流れ、あの声を上げ、頭を掻きむしりながらのたうち回っている。

私は玄関に寄り、身を屈め声をひそめて腹から声を絞った。

「サンチュン、僕です、昭男です。どうしたん、大丈夫ですか」

戸を叩く音は止まった。虫たちの声だけが静けさの中から染み出ている。私は息を止め、小首をかしげて耳を戸に傾けた。

「帰れ！　ええか、絶対、戸開けるな。早よ、行け！」

喘ぎながら絶えだえに言う。

私は隙間からまた覗いた。頭を掻きむしり悶え回っている。

「は、よ、帰れ。も、う、来るな。うおぐ、ぐぐう、えぐ……」

戸の方を睨み声を振り絞っている。

続く呻き声を背に草の暗い道を戻る。アボジはきっとこの訳を知っている。明日は聞かなければと思った。

三

私は何回も寝返りを打ち浅い眠りの中で朝を迎えた。台風が去り久しぶりの青空が戻ってきた。アボジに深夜のことを話すと黙ってうなずいたきりだ。

「なにやのん、僕にも教えてな。サンチュン、身内やで」

それには答えず、お盆にのったサンチュンの朝ご飯と昼用のおにぎりに布きんを掛け、アボジは足で戸を押し開け小屋に向かった。私はアボジに言われた交換用のバケツとお茶のやかん、着替えや濡れタオルなどを入れたリュックを背負ってあとに続いた。

あの悶絶するような呻き声は続いていた。おそらくサンチュンは一睡もしていないだろう。アボジが鍵をあけ、戸を開くと小便臭いにおいが鼻を突いた。部屋の板間の上は薄黄色や白っぽい液体に覆われ、布団も湿っている。用足しようのバケツがひっくり返り、それが流れ、その上をのたうち回ったのだ。

サンチュンは裸の体をくの字に曲げ虚ろな目でアボジを見ている。アボジは黙ってお盆を汚れていない部屋の隅に置き、私から濡れタオルを受け取りサンチュンの体を拭く。

「すんまへん、兄さん」

サンチュンは体を制止しようと試みてはいるが、体はくねり、苦しみの喘ぎ声をあげる。アボジは二枚目の濡れタオルを受け取り、サンチュンの体を押さえながらごしごしと拭いている。サンチュンは、すんまへん、すんません、を繰り返しながら泣いているように見えた。

「昭男、布団を外に出して、汚れものを片づけろ。それ終わったら床を拭け」

アボジはサンチュンに新しい服を着せながら、玄関に立ってる私に顔だけ向け言った。拭いてもぬぐってても臭いは残った。

「源鉄、ご飯そこに置いとうから、薬と思って食べなあかんで。布団は後で持って来るからな。……よう頑張ったな。もう、ちょっとや」

サンチュンは、「すんまへん」をうわ言のように繰り返している。

アボジは布団を抱え、私はリュックを背負い、汚れものを詰めたバケツと空のやかんを持ち、前うしろに並んで草道を家に向かう。

「昭男、あれ麻薬、ヒロポンや。……何があっても戸開けたらあかんぞ、ええか」

アボジは振り向き、私の目を確かめて足を速めた。

その日、仕事を早く終えたのか、まだ陽の明るいうちにアボジは帰ってきた。私も学校に行ったが、小屋のサンチュンのことが気になって授業に身が入らなかった。朝アボジが仕事に行く時にオモニは「うちは、一切関わり持てへんからな」とアボジの背中にヒステリックに叫んでいたのでよけいにだ。

アボジが玄関の上がりかまちに腰を掛け地下足袋を脱ぎはじめたとき、オモニが奥の部屋から声を上げた。

「あんたあ、昼過ぎに文吉さんに聞いた言うて、権《ゴン》のおっさんが来てな、あの小屋なんや、唸り声みたいなんが一晩中聞こえとったけど。勝手な真似すんな言うて、怒鳴り込んで来よった」

オモニは喋りながら玄関まで行き、座っているアボジの頭の上に言葉を落とした。

「うちは何も知らん言うたら、アボジが帰ってきたら後でまた来る言うとった」

「権の奴か。あのどもりが……」

舌打ちをしながらアボジは部屋に上がってきた。私は権のおっさんともめなければよいと願った。

権のおっさんは確か、アボジと同じ四十六歳で文吉さんもそうだと聞いている。集落の誰からも煙たがられ、また怖がられている反面嗤われもしている。嫁さんには三年ほど前に逃げられて、今は独りで暮らしている。オモニは、嫁さんは殴るけるの暴力に長年辛抱して、よう逃げたと喜んでいた。

怖がられているのは、散弾銃を持っているからだ。狩猟免許を持っていると本人は言っているが、字もロクに読めないのに持てるわけがない、口には出さないが集落のみんなは馬鹿にしている。黒革の弾倉ベルトを巻き、銃口が水平二連の散弾銃を左腕に抱えて、タヌキを背負い山から下りてくる姿にはぞっとする。小太りでいつも赤いタオルを頭に巻き、えらが張った顔には無精ひげが生え、短気で、どもりが止まらず口角に白い唾を溜めはじめたら逃げろとアボジから聞いている。

大韓民国居留民団横口支部の団長だと本人は言っているが、団員がいない。春江の父の文吉さんに大声を上げているところを何度か見たことがある。春江一家が北朝鮮に帰るというのがその騒ぎのきっかけだ。

「き、北朝鮮への、ほ、ほ、北送に俺は、絶対反対や。か、考えてみいや、し、植民地終わって、貧乏で、な、なんでお前ら食わせられんねん。ち、地上の楽園やて。う、う、嘘ばっかりや」

権のおっさんは取り巻きのみんなにも聞こえるように声を張り上げていた。

夕方、アボジと一緒に小屋に行った。戸を開けると、饐えた臭いが漂っている。思わず鼻に手の甲がいく。今朝と同じ裸のまま苦しそうな呻き声を上げて、部屋の隅に丸まり背を向けている。

「どや、いっしょか。しんどさは今日、明日が山で、だんだん、よくなるそうやから、もうちょいや」

アボジは布団を置きながら般若に向かって言う。サンチュンは振り向きもせずに、肩で息をしている。私はバケツを交換し、お盆の上のご飯を取り換えた。何も食べていない。

「ご飯が薬やど。食べな体もたんぞ」

アボジは下着を着せようとしたが、サンチュンはその腕を払った。

「すんまへん。後は俺がするよってに、そのまま置いとって。あぐ、うぐ……」

喘ぎながら般若が転がる。

「よしっ分かった。明日の朝また来るからな。それから、わしら以外、誰か来ても相手にすんなよ」

南京錠を掛け、虫の鳴く草を分けながら、家まで無言で一緒に帰る。

夕食を終え、ちゃぶ台を壁側に引き寄せて学校の宿題をし始めたとき、権のおっさんがやって来た。鼻先が赤く、酒の匂いがした。私は確かめるように左腕を見た。持ってはいない。

「お、おい、あの小屋、何や。へ、へ、変な音出しやがって」

玄関に仁王立ちし、爪楊枝をくわえたままでアボジを見据えている。

「まあ、座れや。おい、座布団とお茶出して。……それとも一杯飲むか」

アボジは玄関の方に目をやりながら、オモニに言う。オモニはさっさと、上がりかまちに座布団と湯呑を二つ置き、奥に行って襖をぴちゃっと閉めた。

「あれはやなあ、わしの弟や。事情あってな……」

アボジはお茶をすすりながら、ゆっくりと言うが、目は油断なく権のおっさんを見ている。

「お、弟いうたら、あのひ、ひ、人殺しのか！」

人殺し！　私は鉛筆を置き、教科書を見るふりをして聞き耳を立てる。

「八年まえの話で、組関係のいざこざや、殺らんな殺られる、そんなこっちゃ。そんで務めは終えた。ここへは堅気になるいうて来てる。ヒロポンが醒めるまで、ちょっと辛抱したってや」

「わ、わしは民団の団長しとるからみんなの、へ、平和を思とうだけや。……そ、そんで言うとくけどな、と、隣の文吉、気いつけよ、あいつ、ぱ、ぱ、パルゲンイや」

パルゲンイ？　いつかオモニが隠すように言っていた「赤」のことか。

そういえば今年の正月、春江の家に家族で挨拶に行ったときに、小太りの東映の時代劇映画俳優のような肖像写真が部屋の正面に掲げてあった。文吉さんから、共和国の首相やと、名前も教えてもらったけれど覚えてない。共和国はどこの国やと聞いたら、北朝鮮やんか、と春江はやさしく笑いながら答えてくれた。「パルゲンイ」はよく分からないが、権のおっさんより春江の家の方が正しいに決まっている。そやけど、本当に春江は北朝鮮に行くのだろうか。そのことがずっと気になっている。

「と、ともかくや、め、面倒起こさんようにな」

権のおっさんは土間に爪楊枝をペッと吐き、肩を揺すりながら出て行った。

深夜、耳をすませると虫の鳴き声ではない、呻き声が地を這ってやって来る。今はその理由が分かっているが、苦しさにのたうちまわってる般若が見える。暗い隣の部屋から小さな咳ばらいがする。アボジも寝つけないのだろう。

朝、寝不足の目を擦りながらアボジと一緒に食事の交換を持って行く。昨日と同じ、海老のように背を曲げ横になっている。アボジは、「ご飯は薬やからな」と呟くようにまた言い、手の付けていないお盆を交換する。私は黄土色の尿が底に溜まっているバケツと軽くなったやかんを交換した。

「今日も早よ帰れるように頼んでみる」とオモニから弁当をもらい、アボジは自転車に跨った。オモニは、何があっても小屋には行かない、と口を尖らせてまたアボジに言っている。

私も学校に向かう。集落から草木の小道を通ってバス道まで行き、「横口」のバス停留所の標識を過ぎて峠に向かって歩く。

「ば、バス停、作らんかい。し、集落の年寄りが町まで出るのに一時間以上も歩かすんかえ。ち、ち、朝鮮人もちゃんと税金払ろとる。お、俺はみんなの代表や」と権のおっさんが赤鉢巻を締めて役場に何回も怒鳴り込んで、やっと半年前にできた停留所だ。標識の白いペンキがまだ新しい。お金が掛かるので、学校までは小一時間ほど毎日歩いている。峠を越えると川沿いに農家が点在し、広々とひろがる田には黄色の稲がうねっている。遠くには裏六甲山の稜線がなだらかに見えた。

「昭男ちゃあんー、待ってええー」

後ろを振り向くと、春江がポニーテールの端を左右に見え隠れさせて走って来る。背の高いのは文吉さんの血を引いているが、二重まぶたの小鹿のような瞳は母の和子さんに似ている。学校でもみんなの憧れだが、「横口」の者やと、小馬鹿にした陰口も私は聞いている。

「ちょっと、話してええ?」

はあ、はあ、と息を弾ませながら、途切れとぎれに言う。唇が半分開き、膨らみを持った胸が波打っている。春江は胸に手を当てて目を瞑り、呼吸を整えるまで荒い息をした。長いまつ毛を見つめている私がいる。

「あ、しんど。……昭男ちゃん、あの小屋、誰がいるの。なんやのん」

小鹿の瞳が私を覗いている。

「誰って、僕のサンチュンや。『サンチュン』、朝鮮語の意味わかるか、叔父さんいうことや。ちょっと、病気治しに来たんや。すぐに治ると思うけどな。心配せんでもええで」

「あのうめき声、そうやったん。はじめから言うてくれたら、うちのアボジもオモニも心配せんでもよかったのに。ふふ」

稲穂を渡ってきた風が春江の前髪をそよがせる。

「今なあ、うちのアボジから朝鮮語教えてもうてんねん。オモニもいっしょに勉強してるんや。『サンチュン』て、朝鮮文字でどう書くか教えたろか」

春江は鼻先をつんっ、と上げた。

「春ちゃん、お前、ほんまに、北朝鮮行くんか」

「アボジが行く言うてるからな……。アボジの胸の病気そこで治すし、うちな、大学まで行くねん。みんなお金要らんねんで。オモニも社会主義の国、ええ言うて。もう申請したから、年が明けたら行けるやろ、アボジ言うとったで」

やっぱり本当なんだ。全身から力が抜け体がしゅっと縮まる気がした。

「昭男ちゃん、……ちょっとお願いあるんやけど、ええ？」

えへへと笑いながら、春江は舌をぺろっと出す。

「あんな、六月に来たビートルズの武道館公演のパンフレット持ってるって聞いたんやけど、ちょっと見せてくれへん？」

「え、誰に聞いたんや、あかんあかん。小遣い使わんとためたお金でやっと送ってもうたんや。僕の宝物や誰にも見せへんで」

「なんやの、けちんぼ。もうええ、そんなん見たないわ」

春江は口を尖らす。

「うち日直の当番やから、先に行く。けちんぼおー」

春江はスカートを揺らせながら小走りになり、遠く稲穂の中に消えていった。

四

その夜、小屋にアボジと一緒に晩ご飯を持って行ったときにサンチュンは、

「夜中に小屋を叩く奴がおって、穴からじっと俺を見とる」

喘ぎ声を止めながら苦しそうに言った。

麻薬のために出る幻聴や幻覚だとアボジは相手にしなかった。ご飯が薬や、もう少しの辛抱やぞ、と同じことを言ってアボジは小屋の戸を閉める。人ひとりが通れるだけの草が踏み固まった道をアボジのうしろに続く。後ろを振り返って夕暮れの闇が降りはじめた草の中の小屋を見た。誰かが来ているのだろうか。

宿題を終えると十一時になろうとしていた。隣部屋との少し開いた襖の奥は電灯が消え、アボジとオモニは寝てしまっているようだ。アボジのいびきが時折思い出したように聞こえる。

二人とも寝たら小屋に行こう、そう決めていた。サンチュンのさっきの話は嘘ではない気がしている。この前に持っていった棒は玄関先にそのまま立てかけてある。強く握って小屋の方にゆっくりと進む。振り向くとポプラ越しに見える集落の家々にはまだ明かりがぽつりぽつりと見える。月明かりのなか、暫く行くと仄明るい先に小屋が見え、サンチュンの喘ぎが強く弱く聞こえてくる。

人影のような揺れが見える。はっと、腰を屈めて様子を窺う。そいつは確かに小屋に近づいている。そおっと近づき距離を徐々に縮める。そいつは中腰になり小屋の隙間から覗いているようだ。私が近づくのも気がつかない。棒を握り直した。そいつは気配に気がついたのか、振り向いた。同時に声が出た。

「昭男ちゃん！」

「春江！」

私は振り上げた棒を下に降ろす。

「何してんねん！」

私は声を殺して、低く怒鳴った。

春江は眼を見開いて、開いた口を手で押さえている。

「……見に来ただけや。……どんなんか思て」

私は喋っている春江の手首を摑んで、無言で黒谷川の方に引っ張って行く。

「痛いって……」

春江を引き摺るように道なき草はらを急いだ。春江は手を振り払おうとしたが、離さなかった。

「ここまで来たら、もうええわ」

川岸まで来ていた。私は春江の手首をぐっと引っ張り、投げるように離した。

「やめてよ、うち何もしてないで」

春江は手首を反対の手の平で撫でながら口を尖らせた。私もなぜあんなにきつく握り強引に引っ張って来たのか。苦しんでいるサンチュンへの気遣いもあったが、瞬間体の奥底から突きあげて来る赤黒い塊を感じた。

黒谷川ダムからの放流がない時は穏やかな流れだ。川幅三十メートルの中心部分十メートル程だけに水が大きな岩の間をくねっている。谷間からは半月がぽっかりと浮いて見えた。

川岸横には郵便ポストくらいの石が無造作に置かれ、デコボコの少ない面に青い文字が三行書かれている。ダム工事で死んだ朝鮮人の名前だ。集落の古老の記憶に残っていた三人を文吉さんが青いペンキで書いたのだ。石は川に転がっている形がいいのを集落みんなでここに引き上げたという。私たちは「青字石」と幼い時から聞いていた。

「痛かったか、ごめん。今晩過ぎたら、だんだんよくなるらしいねん、そやからそっとしてほしんや。昨日も来たんか？」

春江は顔を上げ首を横に振った。うなじが月の光に真珠色に染まっている。私は持っていた棒を思い切り川に向かって放り投げた。遠くの暗闇に消えて、ばちゃと音だけがした。私は春江の瞳を見つめた。春江も私を見返した。瞬間だったのか、長かったのか、川の水音と虫の声だけが聞こえる。

「うち、帰る。遅いし……」

春江は小鹿のように体をひるがえした。とっさに私は春江の手首を摑んだ。春江は振りほどかない。全身の力が緩んだように肩が崩れる。私は手首をそっと引き寄せ春江を抱いた。うつむいている春江の髪が私の目の前にある。私は顔をうずめる。甘すっぱい匂いだ。春江は顔をゆっくりと上げる。瞳が潤んでいる。春江は目を閉じた。長いまつ毛の先がクルッと半円を描いていた。

私の唇を春江の唇にそっと当てる。そして上唇を吸った。唇は吸った分だけプルプルのゼリーのように私の口に吸い込まれる。半透明の軟体動物のようだ。私の右手は春江の体を這い、胸の膨らみをまさぐる。ぴくんと春江の体が波うった。

「あかん！」

春江は私を両手で突き放し、くるりと背中を向け、胸を抱くように両手を組んだ。

「かんにん、春ちゃん」

私はうな垂れ、川の真ん中に揺れている半月を眺めた。水の流れに揺らいでいる。

「……あんな、もう一回聞くけど、やっぱり北に行くんか？」

「うち、オモニの籍の日本やけど、朝鮮人やと思ってる。オモニは朝鮮人と結婚したから追いだされて、日本には家がないと言うてるし。帰って病気治して、祖国建設のために頑張るんや、アボジの口癖や。アボジのためにも行かなあかん。うちは、信じてるんや」

「そうかあ」私は、くぐもった声しか出なかった。

「昭男ちゃん、心配せんでもまた会えるやん。うちのアボジが祖国統一はもうじきやて。そうなったら、うち日本にも来るし、あんたも来たらええやん。北朝鮮の金剛山いうところ、仙女が住んでいて奇麗やねんてえ。そや、ぜったい、うち案内したるわ」

春江は、弾かれたバレリーナのようにくるっと回りながら軽やかにステップを踏む。私の目の前で片膝を着き、召使いの真似をして恭しく礼をした。

「さあ、王子様、どうぞ」と大袈裟に右手を差し出す。

戸惑っている私の手を力強く摑み、腕を引きながら体を寄せ私にすがりついてきた。私は反射的に抱いた。抱き合ったまま春江は回り始めた。私もそれにつられ、合わせて回る。青字石を真ん中に自転しながら公転する地球のように回る。やわらかな月の光の中で一つの独楽のようにくるくると。「ふふふ」春江から笑い声が漏れる。私もなぜか無性に可笑しくなり、耐えたが「くっくっく」と声が吹き出る。

「春ちゃん、わかったから。僕、絶対に行くから……ち、ちょっと離して」

春江は更に力を込め私にしがみつくように強く抱きついてきた。春江の唇が私の耳に触れる。

「行きとうなんかない。離れたくない」

確かに聞こえた。私は首をねじり春江の顔を見た。目から微かに滴の糸を引き、唇はきつく結ばれている。前より一層春江は私にしがみつき力強く早く回る、回る。

「春江、目が回りそうや。……もう遅いから、帰ろうや」

私は遠心力に逆らうように言う。回転は徐々に弱くなり、やがて静かに止まった。

「うち、帰る」

春江は腕をほどき体を離して、後ろを振り返らず、何事もなかったようにもと来た草道をすたすたと行く。薄暗さの中に消えゆく春江を黙って私は追いかけた。

小屋が見えてくるところで春江が急に草陰に腰を落とし、中腰になる。私が近づくと振り向き、手を大きく振り下げた。座れという合図なのか。私も中腰になり、いざるように春江に近づく。春江は、鼻先に左人差し指をぴんと立て、右の人差し指は小屋の方角を指した。

垂れ下がっている草の葉の間から薄暗い先に目を凝らした。黒い塊が、小屋にへばり付いている。人影に違いない。春江と私は目を見合わせて頷き、中腰で草を分けながら小屋に近づく。

板の割れ目から中を覗いているようだ。でっぷりした体形、左手に棒を抱えている。月明かりに棒が鈍く反射した。棒ではない！　権のおっさんだ。私はとっさにもたげている春江の頭を押さえた。強く押さえ過ぎたのか、春江は尻餅をつき「きゃっ」と甲高い声を発した。覗いていた影はゆっくりと振り返り、こちらを見ている。慌てて私も春江も地面に這いつくばるように体を投げ出す。おんぶバッタが向き合うように私は春江にかぶさってしまった。草の中、上下に体が重なっている。下の春江の顔に葉が絡みついている。私はまぶた、鼻すじ、頬、唇を撫でるように草の葉をめくり取る。春江は眠ったように目を閉じていた。

私は、臆病な蛇のように草の間からゆっくりと鎌首を上げる。鉢巻、角ばった顔、上半身が徐々に見える。左手は散弾銃の先台を握り、右手は引き金に置いている。足で草を分けながら一歩一歩こちらに向いて来てくる、獲物を狙うように。

ざわっ、ざわっ、手前まで来た。

「だ、だ、誰や！」

銃口を左右に大きく振り、草を分ける。

「おっちゃん、僕や、昭男や。撃たんとって」

権のおっさんが重なり合っている二人の真上に来て、人型になっている草の窪地を見おろした。

「し、し、下は春江やんけ。お、お前らふざけた真似しやがって。あ、あほんだら」

足を上げ私の背中を踏みつける。

「うげぐぐ」カエルみたいな情けない声が腹から出る。

下で仰向けになっていた春江が、「やめて」と叫びながら両手で私の胸を突き放し、海老が尻から逃げるように体を抜き、立ち上がる。

「おっちゃん、うちら何もしてないで。小屋の外に誰かいたから誰かなあ、思って見てただけや。ほんまやで」

春江は体の土や草切れを叩きながら言う。私は腰を摩りよろけながら立ち上がる。

「痛いがな、おっちゃん。そんで、鉄砲こっち向けんとって」

おっさんは銃口を下に向け左腕に抱えた。

「お、お前ら、な、何時やと思とんねん、も、もう十二時過ぎとうぞ」

「おっちゃんこそ、小屋で何しとったんや。覗いとったやろ」

「じゅ、巡回じゃい。へ、変なことせんようにや。こ、この村の平和を守るためや」

「ふん、何が平和や。……春ちゃん、早よ帰ろ」

平和を乱しているのはお前だ、の言葉は呑んだ。私は春江の手を引っ張り、歩き出す。

「こ、こ、こら、お前ら子どものくせになめた真似したら、しょ、しょち、承知せえへんど。ぼ、ぼけなす」

小屋の横を通ったとき唸り声が微かに漏れ聞こえたが、振り返ることもなく、大きく黒い塊になっているポプラの木の下で二人黙って別れた。

五

次の朝、何事もなかったようにアボジと小屋にご飯を運んだ。昨夜はこっそりと布団にもぐり込み、朝起きても夜のことは何も話さなかった。

アボジが小屋の戸を開けるとサンチュンは壁にもたれて足を投げ出して座っていた。ズボンを履き下着のシャツも着ていた。

「源鉄、ちょっとは良くなったみたいやな。顔色もええ。お前来てから四日目やけど、分かってるか」

「すんません、兄さん。へえー、四日も経ったんですか。だいぶ気分が戻って来たみたいで、腹も空いて、ご飯食べました」

　お盆の上を見るとおにぎりが無くなり、皿の上に茶碗が重ねてある。

「そうかよかった、よう頑張ったなー。源鉄、ちょっと来て、褒美や」

　両手をついてふらっとサンチュンは立ち上がり、アボジの前によろよろと来た。アボジはズボンのポケットから膨らみを持ったハンカチを取り出した。

「よう辛抱した、ねぎらいや、一本、打ったるわ」

「ふぇ、うれし。ほんまか、おおきにありがと」

　かっと目を見ひらき大口を開け、サンチュンは小躍りする。

「あほんだら、まだ分かってないやんけ！」

　アボジの平手がサンチュンの頬に食い込む。

　サンチュンはよろっと倒れ込んだ。アボジは倒れたサンチュンの横に胡坐をかき、開いたハンカチの中にある箱から煙草を取り出して、ゆっくりと大きく吸う。

「すんまへん、もっと、もっと殴ってください。もう、殺して……」

　体をくの字に曲げ両手で頭を掻きむしる。

「もうええ。人間狂わすこわい薬やいうこと分かったらええ。しっかりご飯食べたら、後は日にち薬や」

アボジは鼻から煙の筋を出し、頷いている。

帰るとき、壁にもたれ目をしょぼつかせながらサンチュンはじっとこちらを見ていた。

アボジが言ったようにサンチュンは日を追うごとにご飯もちゃんと食べ回復していった。


半月が過ぎ、初めは遠巻きに見ていた集落の人たちも、徐々に馴染んでいった。やせ細っていたサンチュンの体もふっくらとし、顔色も人並みに戻ってきたのが私にも分かった。小屋の鍵はもう掛けず、アボジはサンチュンの行動に制限を付けなくなり、食事の時だけは私の家に来て食べるようになった。

日中はまだ暑いが、陽が落ち夕方頃からは谷間にはそよ風が木々を揺する。そんな時、私は部屋に籠りがちなサンチュンを引っ張り出し、黒谷川の岸辺を歩く。川の水の冷気を含んだ風が心地よい。

「な、サンチュン気持ちええやろ。一日中小屋におったら元気にならへんで」

横に並びゆっくりと歩いているサンチュンの顔を覗いた。サンチュンは唇をかすかに開け、小さく微笑んだ。引きつるように歪んでいたが、初めて笑い顔を見た。

「昭男、『あかしゃび』知ってるか？……知らんて。おっ、これ朝鮮語違ぅで、日本語や。この川にも居る魚で、これくらいの大きさや」

サンチュンは手の平を広げた。

「オスはな、青の体にピンクの筋が入って虹みたいにきれいやで。俺な、捕るの名人や、ここでそれ食ってきたんや」

私はその魚がもっと知りたくて問いかける。サンチュンは立ち止まり、成長すると十五センチくらいになり、オスはメスよりも一まわり大きくヒレも立派で、虹色の特徴や口の周りが黒くなり白い斑点が出るときもある、と腕をゆらゆら振り魚が泳ぐ真似をした。

「あっ、サンチュン、それな、たぶんオイカワ違うか。学校で習ったことある」

「オイカワ？　……学校かあ……そしたらたぶんそれやろ」

サンチュンは息を小さく吐きながら言った。学校にはちゃんと行っていただろうか、ふとそんなことが頭をかすめた。

「サンチュン、その魚の捕り方教えてなあ」

「……そやなあ、ふらつきも少しはましになったし、天気のええ日にでもいっぺん行こか。ここからちょっと下流で川幅が広なったところや。何年ぶりになるんかなあ」

また笑顔を見た。

二日後の日曜日に行く約束をした。家でアボジに「あかしゃび」のことを聞くと、この辺りの方言なのかよく分からないが、聞いたことはあると、しかしその魚は食べたことがないとも言った。

日曜日は朝から快晴で、この気温なら水に入っても大丈夫だと昭男は空を見上げわくわくした。二人分の弁当を作ってもらい、小屋に向かう。サンチュンは玄関上がりかまちに腰を掛け待っていた。腕まくりで首にはタオルを掛けている。昭男を見上げ、よいしょと立ちあがった。

「サンチュンが言うたように、弁当と塩とマッチだけやで。釣竿や網、魚入れるバケツなんかほんまに要らんの？」

「ふっ、昔、そんな気の利いたもん何にもない。……捕り方よく見とくようにな」

私は大きく頷く。

「それとアボジがな、体まだ本調子違うから、あんまり無理せえへんように、言うとったで」

今度はサンチュンが小さく頷いた。

ダム真下の黒谷川には自動車ほどの大きな石が転がっているが、下流に行くにつれて川幅も広がり浅瀬の石もサッカーボールくらいになり、その頭を水面から出している。

川に沿って草木を分け獣道のような細い道を二人して歩く。暫くするとサンチュンは肩を落とし、歩幅が小さく息も荒くなっている。無理な願いをしたと少し後悔した。

「サンチュン堪忍な、しんどいこと言うて。ちょっと休んで行こ」

サンチュンは道横の草むらにうーうんと呻きながら腰を落とし、そのまま仰向けになる。人形に草が倒れ、その横に昭男は座る。風が通り抜け草を揺らす。さわさわと草の擦れる音と微かに川の水音だけが聞こえる。

「サンチュン大丈夫?……また元気になったら、来ようか、今日はもう帰ろ?」

昭男は顔を覗き込む。サンチュンは空を睨んでいるかのように見えた。

「あの時と同じ空や。……俺なんでこんなに曲がってしもたんやろう」

そう小さく呟き、大丈夫だ、もう少しだから行こう、とサンチュンは唸りながら体を起こした。

草道を抜けると砂地の岸辺に出た。川幅は二十メートルほど、流れが穏やかな浅瀬で、対岸は山の斜面になっている。サンチュンはズボンの裾を膝が見えるくらい折り上げる。

ふくらはぎがなく枝のように細い。私も同じくらいたくし上げた。

「あんな、あかしゃびは追いかけると近くの石に隠れよんねん。そこを握るんや。手本見したるから、それ真似たらええ。よう見とけよ」

シャツの袖を捲り上げながらゆっくりとサンチュンは川に足を入れる。私も裾と袖を捲り後に続いた。澄んだ緩やかな流れはふくらはぎを巻きながら心地よく流れて行く。

「虹のような魚やからすぐわかる。……そら、そこ泳いどる、ほれ、赤と青の縦じま」

サンチュンの指先で、流れている水が光の乱反射を繰り返し、きらきらと画面を変えている。

「どこに、どこ?……あっ、ちょっと見えた」

私はサンチュンの指先を追う。魚はその先に消えた。

「見えたやろ。ええか、あれ追いかけるんや。手を叩いて、足をばしゃばしゃさせて追い詰めんねん。そしたらな、すぐに石の下に隠れよる。それをそーっと石に指を滑らせて握るねん。しっかり摑まんな相手も必死や。いっぺんしたるから見とけや」

サンチュンは川の真ん中に行き、扇風機の首振りのようにゆっくりと流れを見回している。突然手を大きく叩き、足を水面に上げバシャンと激しく踏み込み白いしぶきをたてて

「ほう、ほう」と叫びながら踊るように川を走る。息荒く倒れそうだったサンチュンにどこにそんな力が潜んでいたのか。やがてぴたりと止まり流れの一点を見つめ、背を丸めながら両手をゆっくりと水面に入れる。捲り上げた袖が水に浸かっている。暫くして右手が上がり、握った拳からはみ出た尾びれが水を左右に散らし光っている。にんまりと笑うサンチュンは、腕を勝どきのように挙げた。

戻って来たサンチュンは川岸に生えている細いアシを折り、その先を魚の鰓《えら》から口に貫いた。魚はぴくっと一度跳ねたが、垂れた小さな鯉のぼりのようになった。

「昭男、やってみろや」

二人並んで川に入る。そこやとサンチュンは指をさすが、流れで水面がきらきらとゆれ見つけることができない。しかし何度かしているうちに波の間から虹の魚影が見えるようになってきた。

「そら、手を叩いて追い込め……もっとばしゃばしゃするんや、走れ。……そや、隠れた石の下をそっと探るんや……また逃げられたんか。握りが足らん」

捕るやり方は分かったが、技術が追いつかない。石に何度か追い込んだが摑みとれていない。サンチュンは疲れたのだろう、川から上がり岸辺の砂に座り込んだ。

よし今度こそ、と追い込んだ石の下をゆっくりと丁寧に探る。水が、くの字に曲げた肘を超え上腕で巻いている。指先にヌルッとした感覚が走る、と同時に素早く奥に手を入れ強く握った。

「捕まえたで、ほら、見てん！」

得意げに握った手を高く掲げる。肩口から水がぽたぽたと滴り落ちる。サンチュンは口角を斜めに曲げ、はにかむようにぎこちなく笑い、ぱらぱらと小さく手を叩いた。

小躍りでの走り追い込みも、石の隅からの摑み捕りかたも、こつがつかめてきたのか、失敗よりもうまくいくほうが多くなり、時間を忘れるくらい夢中になった。

「昭男、もうこれくらいでええん違うか。昼近いし。……お前、うまなったな、免許皆伝や、二代目にしたる」

アシの茎には口を開けたオイカワが鈴なり状態だ。十四以上はある。

「メザシ違って、クチザシやなあ。はは」

私は嬉しくなり、びしょびしょになった体でサンチュンの横に座った。

サンチュンは座ったままでアシから魚を抜き取り、一匹いっぴき、親指の爪を立て切れないナイフのように腹を裂き、中の腸《はらわた》を絞り出す。地面に散らした腸にどこからか蠅が

二、三匹回っている。私は川岸に魚を持っていき、言われたようにえぐられた腹に指を突っ込み、水中で何度もしごき丁寧に洗う。うすく血が流れて行く。
「腸があると苦いんや。……それ出来たら焼くぞ」

　サンチュンは私に枯れた枝を集めてくるように命じた。岸辺や草むらなどを探し一抱えほど持って戻ると、砂地にはバケツを伏せたくらいの枯れ草がこんもりと盛られていた。サンチュンは私が持ってきた枝を折り、枯草に立て掛ける。枯草に火が点けられると白い煙を出した後、炎がめらっと上がり枝に火が移る。それを見定めてサンチュンは太めの枝も入れていく。熱射で顔が徐々に熱くなってきた。

「魚に塩擦りつけて、適当な枝を口から差して、火の横に立てる。……こんなふうにや」

　私も真似をして逆さになった魚の枝を立てた。焚火の周りは魚の衝立ができたようになった。暫くすると口元から肉汁を垂らし、虹色の体は黒く焦げ目を付けてくる。サンチュンは魚がまんべんなく焼けるように一本いっぽん枝を回し調整する。

「よう一し、もうええやろ。小骨が多いから気をつけて食べなあかんぞ」

　そう言いながらサンチュンは一番きれいに焼けた魚をくれる。まだ体から煙がくすぶっている。私はふうーと息をかけ歯を立てて体をかじり、はふはふと味を確かめた。

「どや、美味しいか？」

サンチュンも一本取りかじりついて聞く。私は口をもぐもぐさせながら何度もうなずいたが、本当は生臭く塩味だけがして美味しくはなかった。サンチュンは懐かしい味だと言い二本目に手を伸ばし、やがて足元には頭だけが残された小枝が散らばっていた。私は二本かじっただけで、あとは持ってきた弁当を食べた。二匹だけを残し、大半はサンチュンが食べ、弁当は食べなかった。その二匹は黒焦げになっていたが、サンチュンは丁寧に新聞紙に包みポケットに仕舞った。帰る前に寄って行きたいところがあるという。

「川渡ってちょっと山を登ったところや」

「山登るって、体大丈夫？」という私に「行こう」とだけ言った。

また膝までズボンをまくり上げ二人対岸まで行き、山の斜面の草を分け登り始める。前上にいるサンチュンの肩が呼吸してやはり苦しそうだ。暫く登ると階段の踊場のような平地に出た。その山側斜面には洞穴のようなものがあり、サンチュンは躊躇《ちゅうちょ》なく暗闇に腰を屈め入っていく。私も体を曲げついて行くしかない。外からの陽が中をぼんやり明るくしている。サンチュンがマッチを擦った。火明かりが広がり周りが一瞬見渡せた。中は狭く中腰の二人がくっつくほどだ。

「ここが俺の住みかや。家に居られへんときは、魚食べてようここで寝た」

そう言いながらサンチュンはゆるりと座り、私も横に腰を落とした。もともとあった斜面の窪地を人ひとりが横になるくらい何日もかけ掘りあげたという。暗闇に目が慣れてくると辺りが見回せた。欠けた茶碗や錆で穴の開いたかんづめの缶、丸まったぼろ切れなどが見える。サンチュンは「昔のままや」と言いながら茶碗を取り上げた。子犬が子どもと戯れているような絵柄が見える。サンチュンはその子どもと子犬を懐かしむように射しこんでいる陽に茶碗を傾ける。中から小石の混じった砂がさっと流れ落ちる。サンチュンはそれをそっと摘み上げ握った。陽が雲に隠れたようで中は暗さを増した。

「昭男……、俺、せなあかんことがある、どうしようもない性分や。……お前には悪いと思うけどな……」

低い声で呟く。

「なんやのん、それ？」

顔をのぞいたが暗くて表情は分からない。サンチュンは石のように黙りこんだ。

小屋に帰るなりサンチュンはうーと唸りゴロンと横になった。私はすぐに布団を敷き、寝かせる。

「サンチュン、大丈夫。……今日はありがと。『あかしゃび』の捕りかたも教えてもうて、面白かったわ、絶対忘れへんから。ゆっくり横になっとって、すぐに晩ごはん持って来るから」

上布団をかけながら顔を覗く。サンチュンは目だけを私に向けた。

「俺も面白かったで。……あの時分のいろんなこと思い出した」

そう言ったきりサンチュンは黙り込んだ。私は急いで次の言葉を探す。

「あんな、サンチュン、まったけ好きか？　焼いたやつとか、おつゆとか」

「……まったけ？　長い間、食べてないな。味、もう忘れてもうた」

小さな声だが、答えてくれた。

「僕な、いっぱい生《な》っているとこ知ってんねん。ちょっと山奥やけどな。今度の学校休みのとき山盛り採って来たるさかい、たくさん食べて早よ元気になってや」

はしゃいだ声を出した。ようし、サンチュンにいっぱい食べさしたるで、私は戦いに行く気分になっている。

次の休みの朝早く、私は襖の向こうで寝ている二人を起こさないように静かに冷やご飯でおにぎり、大きいのを二つ作る。オモニが寝床から、「何してるんや」と寝ぼけ眼をこすり首をもたげている。

「前アボジと行った奥峰山の方に、まったけ採りに行く。サンチュンが好きやねんて。もう十五歳になったから一人で大丈夫やから」

声を殺しかすれ声で話す。オモニは驚いた顔をして何か言いたげだ。その向こうからアボジのゆっくりとした声が聞こえる。

「マムシがおるから気をつけろ……暗くなる前に帰って来いよ」

「うん、わかった」

大きな声が出る。弁当と水筒、ドンゴロスの麻袋をリュックの中に仕舞い、私は靴の紐を強く結んだ。

黒谷川ダムを過ぎ、大岩岳を越えて湿原を横切り、奥峰山の頂上付近から赤松がそこかしこに見えはじめる。この辺りまで来るのはうちの集落の人くらいで、去年もアボジと一緒に来て採った。生える場所は大体決まっている。記憶をたどりながら、草や枝を摑み、斜面を登り降りする。昼頃には袋の二分目ほどが採れた。平らなところを見つけ腰を下ろしおにぎりを頰張る。よし、もう少し採ろう、サンチュンの驚く顔が見たい。残りのおにぎりを頰張りながら、鼻をクンクンさせあたりを見まわす。

こんなもんでもういいだろう。麻袋の半分近くになる。去年より多いぞ。袋の口をしっかりと結び、肩に背負う。重さが心地よい。マムシにも出会っていない。首に掛けたタオルで汗をぬぐい、軽い足取りで斜面を降りた。

湿原まで戻って来る。湿原は学校の運動場くらいの大きさだ。反対側の草むらに人らしきものが見え隠れして動いている。近づいて行くと、時々屈み、わき目もふらずに何かを採っているようだ。こんな所にまったけは生らないし、誰が、何だろう。

「あれえ？　春ちゃん違うんかあ。こんなとこで何してるんや」

春江は驚いたように立ち上がり、振り返った。手に紫の花が見えた。

「あ、びっくりした。昭男ちゃんこそ何してんの」

「これや、まったけ。サンチュンが食べたい言うたから朝から採ってきてん」

私は肩から麻袋を下ろす。

「すごい、いっぱい採れたなあ。うちはな、これや」

春江は三十センチ程の片手鍬と左手には根までついた桔梗が握られている。

「桔梗の根っこ、咳にええねんで。うちのアボジのや。そのまま食べても、干して煎じて飲んでもええし、これ昔からうちの仕事やねん」

足元の竹かごには十本はあろうか、きれいに並べられた桔梗があり、重なった根には土がついている。

「春ちゃん、草むらでごそごそしていたらイノシシと間違えられて、権のおっさんに鉄砲で撃たれるぞ。はは」

「ほんまや、こわ。ふふ」

私は春江の全身を見つめる。時間が止まった湿原に風が渡る。草がざわっと揺れ、かすかに蜩《ひぐらし》のカナカナとせつない声が聞こえる。二人きり、ここへは誰も来ない。瞬間、体が熱くなり私は春江を抱きすくめる。春江は驚いたように鍬と桔梗を落とす。私はそのまま奥の草むらに連れて行こうとした。バサッ、気配に驚いたのかその草むらの方から山鳥が二羽飛び立つ。

「痛い。昭男ちゃん、うち、足くじいてるねん」

私は春江を絡めていた両手をそっと解いた。

「大岩岳からここに下りたとき足首くじいたけど、だましだまし来て、採ってすぐ帰ろう思てん。そやから……」

春江は前かがみになり右足首を撫でている。

「ごめん。どんな具合や、歩けるのか」

「ゆっくりなら歩ける。ほら、大丈夫や」

春江は右足をかばいながらそろりと歩くが、顔は痛そうだ。

「無理したら、酷なるで。よっしゃ、荷物は僕が持ったるから、ぼちぼち帰ろ」

桔梗は花が萎れるがビニール袋にまとめ、他の春江の荷物と一緒にリュックに押し込む。麻袋は口の紐を調整し肩に掛けられるようにした。

「春ちゃん、その足で大岩岳越えるのしんどいから、ちょっと時間かかるけど楽な回り道から行こ。知らんやろ、僕案内するよって。ええか、ゆっくり行くで」

振り返ると下唇を噛み、右足を引きずり気味にゆっくりとついてくる。

「抱っこしたろか、春ちゃん」

「うち、重たいで」

春江は照れながら笑う。私も喜びが全身を満たす。

夕闇が迫るころ、二人は集落に着いた。私は春江を家まで送る。心配していたらしく文吉さんも和子さんも飛び出てきた。家に帰るとアボジは「マムシにでも嚙まれたんかと心配したで」とオモニと一緒に笑う。ケガした春江に出会ったこと、それで大岩岳を回ってきて遅くなったことを話し、まったけを新聞紙の上にぶちまける。山が崩れ、転げた何本かは新聞からはみ出た。紙に何本かを包み、春江の家に行く。

「これ、採ってきたやつや、どうぞ」

奥を覗くと足首にシップをまいた春江が電灯の下で微笑んでいた。


十月も半ばを過ぎ朝晩が涼しくなってきたので、少しは温かくなるようにと今度の日曜日に小屋の改修をすることになった。前日の内にアボジは仕事場の小型トラックを借りて材木を家の前に運んでいた。今回も文吉さんに手伝いを頼んでいたらしく、日曜の朝に春江と母の和子さんもエプロンをして来てくれた。オモニは家の中に閉じこもり、顔も出さない。

「奥さんまですんませんな。春ちゃん、もう足なおったんか？　……そうか。そしたら昭男とまた材木はこんでくれるか」

アボジは愛想笑いをし、鋸と大工道具の箱を抱えて小屋に向かう。その後を文吉さんと和子さん、私は材木を肩に背負って、春江は少し遅れ気味に板ギレを両手に抱えて続いた。

隙間の開いていた壁や屋根に板を打ち付け、二重の板で小屋を覆った格好になる。中を覗き込める隙間も塞がれた。

サンチュンも最初は板運びなどを手伝っていたが、疲れて小屋の横に座り込んでみんなの作業を見ている。

「源鉄さん、私らもうすぐ北朝鮮に帰るから、使わん家財道具なんかあったら持ってくるさかい、使えるのあったら使ってよ」

文吉さんは壁に板を打ち付けながら言う。春江と和子さんは板ぎれやゴミを拾い、片づけ始めている。ふとサンチュンを見ると、顔は動かさず、目をかっと見開き黒眼だけを動かしている。その先には春江がいた。

春江は学校の体育ではく短パンの上に淡いピンクのブラウスを着て腕まくりをしている。腰を曲げて拾うとハーフパンツの裾が尻の方に上がり、足の付け根までむっちりとした白い太ももが露わになる。私も目のやり場に困り、空を見上げた。

「よっしゃ、だいたい終わったな。源鉄、今日から寒さもちょっとましになるぞ。体もだんだんよくなるし、や」

アボジは「良かった、良かった」を繰り返し、手の平を何度もはたいた。

六

「ガゲェップ」

サンチュンは口に含んだご飯を吐き出した。白目をむき、息が荒い。ご飯粒はちゃぶ台の上に飛び散る。慌てて口の中に指を突っ込み、取り出したサンチュンの指先には薬の錠剤ほどの小石が見える。

「これ見てみい、また俺を殺すんか、兄貴！　昔から厄介もんや、俺は。毛虫のように扱われ、いつも踏まれてきた。誰が毛虫にしてん、くそー！」

瞬間、サンチュンは立ち上がり、ちゃぶ台をけり上げる。上にあった茶碗や皿、コップ、そこに入っていたものも噴水のように飛び散り、ちゃぶ台は空中で二つに割れる。アボジの額に茶碗が当たり血がにじんでいる。

「たぶんうちが米洗う時に入ってしまってん。堪忍やあ」悲鳴をあげ隣部屋に逃げ込み襖の裏に隠れるオモニ。私の胸に椀が当たり味噌汁が胡坐の足もとまで垂れ、ワカメが服に張り付く。割れたちゃぶ台の横に立っているサンチュンを見上げた。何が起こったのか、前にいるのは本当にあの源鉄サンチュンなのか。頭が混乱する。

もうひと月が過ぎ、体が回復したようだから、働いて独り立ちすることをアボジが勧めた矢先のことだった。

「兄貴、そんなに俺が邪魔か。覚えとうか、オヤジはめし食うとき、しっしっ、言うていつも俺を外に追い出したことや。窓の隙間から見たら湯気に囲まれて美味しそうにオヤジとお前が食べとんや。俺は家を出ることばっかし考えとった。そやけど出てもな、あの、しっしっ、という声と、石の飯が、ぬぐうてもぬぐっても頭の中についてまわるんや」

アボジは血を拭おうともせず腕組みをして聞いている。隣の部屋からは物音ひとつしない。

「償いせえや。……金や、百万円用意したれや。そしたらな、ここ出て縁を切ったる」

散らかっている茶碗や皿を足先でどけ、濡れていないところにサンチュンはドスンと胡坐をかいた。

「義姉《ねえ》さん、隠れとかんと、お茶出してえな。にぎり持って小屋行くからそれも作ってちょうだいよ。ええか、石、砂のないやつやで」

サンチュンは顔を上げ、襖を睨んで声を荒げる。返事がない。

「おら、引っ張り出したろか。……俺のことクズや思とうやろ。へっ、お前の可愛い弟やぞ。早よせんかえ！」

「源鉄、お前がどんな生活してきたか想像はつく。オヤジの仕打ちは、わしが謝れるもんやったら、何回でも謝る。わしもそれが負い目になってるから、お前のために出来ることは何でもしたい思ってる。そやけどな、金はない」

アボジは額の血を手の甲で拭いながら言う。

「俺がどうして生きてきたか想像できるって……ふん、そんなら金、作らんかい。金しか信用できひん。泥棒でもしてこいや……おい、お茶まだかよー」

私が立って炊事場に行き、やかんからお茶を注ぎ湯飲みをサンチュンの前に出した。

「おー、昭男、ありがと。お前の歳のとき、サンチュン家出てな、もの貰いしゴミあさってんぞ。そんで親切な、やーさんに拾われて、飯食えるようになったんや」

私は炊事場にまた行き、おにぎりを作り始める。サンチュンのお茶をすする音だけが聞こえる。

「お前のにぎりか。うれし身内に飯めぐんでもうた。まったけも美味しかったで。ありがたや、ありがたや」

サンチュンは新聞で覆った皿を両手で取り、散らかっている部屋をぐるっと睨み小屋に戻って行った。

サンチュンの体が回復するにつれて、私たち家族は追い込まれていった。

アボジはお金の工面を考えているが、到底無理な話と頭を抱えている。オモニは、「あんたが面倒見なければ、こんなことにはならなかった」とアボジをなじる。私も家にいるのが辛くなってくる。

ちゃぶ台を蹴り割った日からサンチュンは家には飯を食べに来ず、結局私一人で食事を運ぶことになった。サンチュンは昼間は寝ていることが多く、夜になると集落を徘徊しているようだ。集落の人たちも気持ち悪がり、アボジに何とかするように言ってくるが、サンチュンにそのことを注意すると、反対に凄まれて手がつけられない。持って来たカバンの中には匕首《あいくち》の柄頭のようなものが見えたという。

「ヤクで頭がおかしくなってしもたんか……」

アボジはため息をつき肩を落としてオモニに話していた。

夜、私はいつものように食事を運んで小屋に向かう。夜露がズボンの裾を少し濡らしている。もう小屋には外鍵はなく、サンチュンはその鍵を中に付け換えていた。

「だいぶ遅うなったけど、はい、晩ご飯。……ちょっと鍵開けて」

返事がない。私はお盆を片手に持ち、戸を叩く。

「サンチュン、冷めるで。開けて」

中から擦れたような音、いや声なのか。押さえた振動のような気配を感じる。

「昭男か、めし、そこに置いて、早よ帰れ」

いつもと違って焦っているような声だ。私はそっと耳を戸に寄せる。呻き声を我慢しているような、微かに、途切れとぎれに、漏れ聞こえる。薬《やく》の禁断症状の喘ぎ声はなくなっているはずだ。この声はサンチュンのとは違う、か細い？

「こら、まだおるんか。早よ行かんかえ」

私はお盆を戸の前に置いて、小屋に聞き耳を残しながら家に戻った。

その夜遅く、文吉さんと和子さんがやって来た。寝支度をして布団を敷く時だった。

「春江、来ていないでしょうか？　学校に連絡したら帰ったと言っているし、姿が見えないんです」

和子さんの声は震えているように聞こえた。

「今まで、友だちと遊んで遅くなることはあったけど、こんな遅いの初めてや。心配でな……」

文吉さんは土間で腕組みをし眉間にしわを寄せている。

「あっ！」

私は叫んでいた。

「あの声……」

言うと同時にゴムぞうりをつっかけながら表に出る。振り返ると文吉さん、和子さん、アボジが続いている。

暗い草道を走る。小屋までこんなに長い距離だったのか。

さっき置いたお盆はない。開けてもらえるはずのない戸をどうするのだ。蹴り破るのか、お願いして開けてもらうのか。いや、その前に春江が本当に居るか確かめることが先か。迷っているうちに三人がやって来た。アボジが戸の前に立ち開けようとしたが、やはり内鍵が掛っている。アボジはゆっくりと戸をトントンと叩く。

「源鉄、起きてるか。ちょっと、開けてくれるか」

返事も音もしない。

「あんな、隣の春ちゃんまだ帰って来てないねんて。ひょっとしてここに来てないかなあ、思ってな」

アボジは今度はドンドンと強く叩く。

「うるさい、もう寝てる。そんなんおらへん。帰れ、帰らんかえ」

隙間から漏れていた明かりが消えた。

「春江、居るの？　居るんだったら、何とかおっしゃい。……はるえー」

和子さんは体を戸に預けて、うめくような声を出した。

「……た、たすけ……て……」

絞るようなか細い声が漏れ聞こえてきた。

やっぱり春ちゃんや。「うおー！」私は体ごと戸にぶつかって行く。ズオンと大きな音がし、私は弾かれ、尻もちをつく。

「くそー、開けろ！　サンチュン。開けんかえ」

板戸だけが真っ暗闇の中心に見える。吸った唇のやわらかい肉が私の口の中に入る。それは誰のものでもない、私のものだ。目まいがするような怒りが突き上がる。体が砕けるのなら砕けろ。何回も突進する。

鍵の蝶番が緩んで戸に隙間が出来たのが分かる。電灯を点けたのか、隙間から光が漏れている。また突進する。よし今度こそだ。

突っ込んだ途端、私は宙に浮いた。バガンと大きな音をたて蝶番をぶら下げて戸は開いた。玄関土間に転び、さっと頭を上げる。

春江が見えた。毛布を体にまとい尻もちをついたように壁にもたれ、髪はほどけだらしなく肩まで垂れている。おどおどした目は焦点が定まらず、私のことも見えていないのではと感じた。部屋にはセーラー服やスカート、下着も散乱している。

「なにさらすんじゃい、いてもうたろか！」

上半身裸のサンチュンは瞬間背を向け、カバンから棒のようなものを取り出した。般若が匕首を握っている。さっと抜いた。刃渡り三十センチ、刃文がなみ打っている。左手の鞘を捨て、切っ先を上段に構え私を上から睨んだ。

「春ちゃあん、はるえ！」

和子さんが小屋に飛び込んで行くのを文吉さんが体で遮る。

「源鉄、やめんかえ。お前の甥っ子や、身内やんけ」

アボジが土間に入ってきて、尻を着いている私の横に並ぶ。

「けっ、身内なんかおれへん、一人で生きてきたんや、くそお！」

アボジに切っ先をさっと下ろす。アボジは反射的に体をのけ反らせたが、遅れた左腕の肩口から肘までしゅっと細い筋が入り、そこから血しぶきが噴き上がる。座っている私に霧雨のように降り落ちた。追いかけようとするサンチュンに私はさっと立ち上がり体で出口を塞ぐ。文吉さんが抱き止めた。

「昭男、逃げんかえ！　殺られる」

アボジの引きつった声と和子さんの悲鳴も聞こえた。

五十センチ高い床に立ってるサンチュンと私は睨みあう。サンチュンは私を決して刺さない、その確信が私を満たしている。

不意に私はうしろ襟を摑まれ、あっという間もなく強引に外にひっぱり出される。

暗闇から私と入れ替わりにさっと銃口が入って行った。

「パァン」

乾いた音がした。薄い煙が片方の銃口からのんびりと昇る。

「ま、ま、まだ一発残っとんやぞ」

権のおっさんの肩越しに床に倒れているサンチュンが見えた。陽に当たったミミズのようにもがいている。右肘から手にかけて剣山で刺したような穴が見え肉が崩れている。おっさんは土足で床に上がり、銃口はサンチュンに向けたまま、床に転がっている匕首を玄関の方に蹴った。くるくると刃を回転させながら玄関に落ちる。

「アイゴー、あんた大丈夫か」

暗闇からオモニが飛び出して来てアボジの傷にハンカチを当てる。オモニが権のおっさんを呼んで来たのだ。

文吉さんが小屋の中に入り、呆然としている春江を毛布に包んだまま外に連れ出す。春江は水を吸った布のようにぐったりと和子さんに抱きかかえられる。文吉さんは腰を落とし春江を背負った。毛布の裂け目から白い太ももがぶらりと垂れた。私は春江に近づこうとしたが、文吉さんが手の平で制した。そしてアボジに向かって早口に、

「家に連れて行く。警察に連絡するから」

そう叫ぶと、家に向かって早足で行く。その後を和子さんが小走りで続き闇に消えた。アボジは左腕を押さえながら、小屋に入って行く。当てているハンカチは真っ赤で血が滴り落ちている。権のおっさんは、痛みに悶えているサンチュンに銃口を向けたまま立っている。

「源鉄、大丈夫か。……しゃない、悪いけど、警察呼んだで」

サンチュンは無言で寝返りを打ち、背を向けた。般若が床の血に塗れて桜吹雪が真っ赤に染まっている。

二台のパトカーと救急車がサイレンを鳴らし、草を踏み小屋まで来た時には、幾人かの集落の人たちが遠巻きに見ていた。パトカーは小屋から少し離れ、二方向からスポットライトのように小屋を照射した。関係者として、アボジ、サンチュン、権のおっさん、そして文吉さん、春江は事情聴取が出来る状態ではないと判断したらしく、連れて行かれなかった。

騒ぎが収まり取り巻いていた集落の人たちが三々五々それぞれ家に戻り、私が家に帰った頃には空がうすく見えはじめ、日の出前の太陽が雲を赤く照らし出していた。布団に横になったが眠れるはずはなく、徐々に薄明るくなる天井の節目を睨んでいた。

文吉さんに背負われ、歩くたびに暗闇にゆらゆらと揺れ、宙をさまよっている白い脚が目に浮かぶ。春江の髪の先端から足の先まで私の手で洗い清めたい。

私は布団を跳ねのけ、春江の家に向かう。集落全体が夜の出来事が嘘のように静まり返り、鳥のさえずりだけがうるさく響いている。春江の家は物音ひとつしない。私は玄関前に座り込み、目の前の草を力任せにむしった。

暫くして私は急ぎ家に戻り、裏手にある二畳程の納屋の中を探す。アボジが仕事で使うスコップやつるはし、セメント袋、シンナー缶、地下足袋などが所狭しとつっこんである。あった。大ハンマーだ。「打出の小槌」の柄を一メートル程長くし、鎚の部分は鉄で五キロはあろうか。小さい頃は持てなかったが、今なら使える。

ごそごそしている音に気がついたオモニが、寝巻姿のまま出て来た。

「アイゴー、恐ろし、この子は何するのお」

私の顔が鬼のようになっていたのか、オモニが柄を両手で摑んで駄々っ子のようにその場に座り込んだ。私は全身の力を込めて柄を引っ張り、倒れこんだオモニの手から取り上げる。そして一目散に駆けた。何かを叫んでいるのが、後ろから聞こえる。

ハンマーを思い切り振りおろす。大きな音がし、戸が部屋の中に倒れる。土足のまま血糊が付いた床に乗り込む。部屋の隅に寄せている布団に一本の長い髪の毛が見えた。

私は体の奥から込みあげてくる叫びを嚙み、思い切りハンマーを床に叩きつける。ドス、と打った所だけ穴が開く。打って打って潰してやる。床は蜂の巣のようになる。息があがり、汗が首元まで垂れている。

私は表に出て、壁を打ち始める。

「昭男、何てことしてるの！　警察が現場検証でまだ使う言うとったやんか」

服を引っかけたオモニの後ろに、近所の人も何人か来て遠巻きに私を見ている。

小屋の横や後ろに回り、狂ったようにハンマーを打ちおろしても穴が開くだけで小屋は倒れない。私はハンマーを草はらに投げ捨て、家に走り戻り納屋に飛び込む。オモニは私を追いかけ何か声をかけているが、耳に入らない。

私は再び小屋に戻り、絡んでいる長い毛を拾い上げ丁寧にポケットに仕舞う。布団を床に引っ張り出した。持ってきた四角い缶を逆さにし、布団の上にシンナーをどくどくと撒く。残りは周りの床にぶちまいた。血糊が溶けはじめ開いた穴に流れ落ちる。マッチを擦り、布団に落とす。ブワッと目の前がだいだい色になり、黒煙が上がる。小屋の外からオモニの悲鳴が聞こえた。

私は外に転げ出て、焼き縮れた前髪を払う。木ばかりの小屋はあっという間に炎に包まれた。春江、何にもなかったんやぞ、小屋もサンチュンも。

小一時間も経たずに小屋は焼け落ち、煙がくすぶっている。私は小屋の横に座りゆらゆら立ち昇る白煙を見ている。集まっていた集落の人たちはオモニに一言二言ことばをかけ、私の方を盗み見て戻って行った。

昼過ぎに、包帯を巻いたアボジと文吉さんが警察車両に乗せられて帰って来た。

「源鉄は執行猶予中の事件ということで当面は出てこれないらしい。右手は散弾を取り除いたけど、至近距離からの発射やったから骨と肉がぼろぼろで再生できひん、結局、肘から先は切断や」

アボジは家に着くなりコップに入れた水を一気に呑んでそう言った。

こっちも大変だったと、オモニは小屋が燃えたいきさつをアボジに伝えた。私は奥の部屋で怒られるのを覚悟して神妙にしていた。アボジは私の方を一瞥し、「そうか」と溜め息をついた。

「警察の方は昨夜も現場検証しとったし、ほとんど現行犯逮捕やから大丈夫と思うで。それより怪我なかったんか」

私はうん、と大きく頷く。

権のおっさんは銃を発砲したが、それが正当防衛に当たるかどうか、まだ取調べ中で、春江は落ち着いたら話を聞くということだった。

その日の夕方、アボジとオモニは春江の家に謝りに行った。オモニは行く寸前まで、

「あんたがあいつを呼んだからこんなことになったんや。うちは絶対に行けへんから」と大声を上げていたが、アボジが一人で玄関を出るとき、オモニは慌ててぞうりをつっかけ横に並んだ。私は二人の後に続いた。

自分の身内がこの騒ぎを起こし、特に春江ちゃんには大変な傷をつけてしまったこと、アボジは春江の家の玄関土間で頭を地面につくほど下げた。オモニは少し遅れて下げる。私も玄関の入り口で首をうなだれた。

文吉さんが部屋の床に立ったまま腕組みをして聞いている。春江と和子さんは襖が閉じられた奥の部屋にいるらしく、顔は見えない。

「もう頭あげてえな。あんたらも源鉄に苦しめられていたことは知っている。今、大声上げたいけど、怒って、悔やんでも、今からどうなるわけでもない。まだ気持ちの整理がついてない。奥の二人も聞こえているはずやから、今日は帰って。……時がたてば癒してくれるかも知れん、今はそれ祈るだけや」

アボジはまた深々と頭を下げ、そっと玄関を出た。オモニはぺこんと頭を下げ後ろに続いた。奥の部屋は静まりかえり、物音一つしない。

秋が徐々に深まりポプラの葉の幾らかは黄色く染まり始めている。春江はそれ以後学校にも行かず、出歩く姿も見ることがなかった。私は登校するとき峠から後ろを振り返る。春江が息を弾ませて駆けてくるのではないかと期待しながら。しかしくねった道しか見えない。

私は近所ということで、学校からの配布物や宿題などを持って行くようにいわれた。先生にはめんどくさそうな顔をしたが、本当は春江に会う口実が出来ることが嬉しかった。

「おばちゃん、春ちゃんに、学校からや」

私は春江の家の玄関戸をドキドキしながら開ける。部屋は暗くて静かだ。奥の襖がそっと開き和子さんが出て来て、私を外に連れ出した。

「昭男君、ありがとうね。警察には一度行ったきりでさ、後は部屋に籠りっきりでどこにも行かないし、声も出さないんだよ。夜になると、うなされているみたいで、心配でさあ」

和子さんもどうしてよいかわからないと溜め息をついた。私は玄関に入り襖に向かって大声を出した。

「あんな、学期末の球技大会のバレーボール、春ちゃん出んな負ける、みんな言うとうから来てや。絶対やで、ええか」

襖の奥からは何の音もしない。

それ以後、何回か春江の家に口実を見つけ行ったが会うことはいうに及ばず、声すら聞くことはなかった。

権のおっさんはあれから暫くし帰ってきて、私の家に報告に来た。

「か、過剰防衛ちゅう話もあったけどな、お、俺が撃てへんかったら、あ、昭男、こ、殺されとったで、ほんま。な、何回もそこ警察に説明したんや。ほ、ほんだら、け、検討したい言うとったで」

源鉄サンチュンは誘拐・監禁・強姦・殺人未遂で前科もあり、もうここには戻って来れないだろうと。

「き、来やがったら、こ、今度はドタマに穴開けたる」

おっさんは唾を飛ばし捲くし立て、得意そうに新しいタオルを頭に巻いた。

七

ポプラの黄葉が盛りになり、キィー、キィーと甲高い声でモズが鳴きはじめる。

夕方、アボジが仕事から帰ってくるのを見計るように文吉さんと和子さんが訪ねてきた。私は寝転がってラジオを聞いていた。

「急な話やけどな、今年最後の船で帰ることにしましてん。春江もあんな感じでますます酷うなっているみたいやし、早よう新しい所で心機一転図った方がええと思て、無理言うてしてもうたんですわ。十二月二十日に大阪駅から特別列車が新潟まで出まんねん、それで行こうと。ほんま、長い間お世話になりました」

玄関の土間で二人そろって深々とお辞儀をする。

「こちらこそ迷惑かけて、ほんまにすまんと思っています」

アボジもオモニも正座をして頭を下げる。私も急いで正座をする。

「そうですか……。来週ですがな、えらい早いでんな」

「昭男君、しっかり勉強して、日本でも祖国のために頑張ってね。春江も向こうで頑張るから」

和子さんが私の顔を見て明るい声で言う。今すぐにでも隣へ行き、春江の部屋の戸を開け、会いたい。

「権さんが北朝鮮には行かせへん言うて、騒いでますけど、相手にせんように」

アボジは膝を崩し煙草に火を点ける。

オモニは座布団を押し入れから引き出し、

「なんか手伝うことあったら、遠慮せんと何でも言うてよ」

上がりかまちに揃って二枚並べる。

「いやあ、お構いなく。いろいろすることありますので、私らこれで失礼します」

アボジもオモニも玄関先まで見送り、私も後に続いた。ポプラからヒラヒラと乾いた葉が、並んで歩く二人の肩に落ちていた。

春江と会えないままに一週間が過ぎた。

ボストンバッグを持った文吉さんが来たのは寒い朝で、木枯らし一号が吹くでしょう、とラジオの天気予報が言っていた。玄関の外に和子さん、その後ろには隠れるように春江がひっそりと立っている。一回り小さくなった感じがし、うつむいた顔を髪の毛が隠している。北風が髪の毛をさっと巻き上げる。やつれた横顔は透き通るような白さだ。

「春ちゃん」

アボジとオモニは呼びながら春江の前に行く。

「ごめんね。辛かったやろ。わしらが悪いんや。ほんま、いくら謝っても済む話と違うけど……」

アボジは春江に頭を下げ、オモニは手を握り肩をさすっている。春江はゆっくりと顔を上げ、弱弱しく微笑んだように見えた。

大きな荷物は予め新潟の赤十字センターに送ったので、手荷物だけを持って私の家に最後の挨拶に来た。集落の他の親しい人たちには昨日の内にもう挨拶を済ませた、権さんがうるさいから分からんように静かにしてきたと言っていた。

「バスで駅まで行って、そこから大阪へ行きます。別れいうても、そんなん、国が統一したら、またすぐ会えまんがな。私も病気治して、頑張るし、春江も元気になると思います。ははは」

ではここで、と言う文吉さんに、バス停まで送らして、とアボジはボストンバッグを文吉さんから取った。私もオモニも後に続いた。

ポプラの黄色い葉が、風に急かされるように舞っている。木の根元は黄色の絨毯を敷き詰めたようだ。バス停がある道路に抜ける道の両側は、木々の紅葉が朝の光に輝いている。前に並んで歩くアボジと文吉さんの肩がしきりに喋っている。私たち四人は少し遅れて歩いている。オモニと和子さんも私たちを忘れたように話をしている。

春江は何も喋らず下を向き和子さんの後を歩いている。私は思い切って春江にそっと声をかけた。

「バレーボール大会、やっぱり負けたで」

春江は顔だけを向け、何か言ったようだったが、小さな声で聞き取れない。

「春ちゃん、……あんな、これやるわ」

私は持っていた紙袋を春江の前に差し出した。春江は立ち止まり、小首をかしげて袋の中を見た。

「あ、ビートルズや」

「北朝鮮、こんなんないやろ。向こうのやつに見せたら、春ちゃんいっぺんに人気者や」

「ありがと、うち、大事にする。……昭男君、二人でくるくる踊った夜、忘れへんよ。きっと、また会えるね」

春江は紙袋を抱きしめる。私は何度もうなずき、春江を見つめた。木枯らしがさっと吹き、赤い葉が宙を舞う。

バスの乗客は春江ら三人だけだった。バスは深い紅葉の山間をくねりながら峠を越える。私は見えなくなるまで佇んでいた。

八

新年が明け、権のおっさんが正月に訪ねてきた。源鉄サンチュンの件で世話にもなったのでアボジが招いたのだ。酒も進み、おっさんは饒舌になってくる。昨年の十二月末の帰国船を阻止するため新潟港に行って来たというのである。

「こ、この集落から行ったいうことで、わ、わしも責任感じて、民団県本部の阻止部隊に参加したんや。に、新潟の赤十字センター前で座り込みしたり、か、拡声器で反対を叫んだり、わ、わしどもるからそれさしてもらへんかったけどな。へへ」

おっさんはコップの酒をくーと空けた。アボジはまたなみなみ酒を注ぐ。私はその横に座りながら春江一家の話を待った。

「あ、あの文吉、見つけたんや。ふ、船のデッキや。ひ、人がぎゅうぎゅうであふれてたけど、よ、嫁はんと、娘が真ん中で三人おった。ち、ちょうど岸壁から離れて行くところや。ち、ちくしょう、思ったけんど、船がどんどん離れて行くし、あ、後の祭りや」

お膳のコップに顔を寄せ、酒をすすった。

「そ、そんでな、二〇〇メートルくらいかな離れた時に、真ん中のやつが海に飛び込みよってん。わ、わし確かに見てん、は、は、春江や」

「えっ、それから、どないなってん！」

私は大きな声を出していた。おっさんはびっくりした顔で話を続けた。

警察に知らせなあかんと周りの人に話したが、誰もその瞬間を見た人はなく、見間違いやと何人もの人たちから言われると、自分でも勘違いやったんかなあ、と思っていると声が小さくなる。

「そ、そ、そやけどわし猟してるから、よ、よう見えるやけんどなあ」

飲み過ぎで足のふらつくなか、ひとこと言って、おっさんはアボジに送られて帰った。

私はその晩、寝返りを打ちながら浅い眠りの中で、冷たい海に漂っている春江の姿を何度も見た。

着いたらすぐに手紙を書くと文吉さんが言っていたから、その手紙を見れば春江のことは分かるはずだ。私は学校から急いで帰るとすぐに郵便箱を探した。自転車で来る郵便配達人をつかまえて問い質しもした。しかし春江一家からの音信はなかった。約束を守る律義な文吉さんが嘘をつく筈がない。


中学を卒業し大阪の西淀川にある鉄工所に住み込みで働くようになった。黒谷川の横口の集落には正月に帰るくらいで、それもだんだんと足が遠のいた。

五年目の正月、久々に家に帰るとオモニが権のおっさんから聞いた話を伝えてくれた。春江を見たというのだ。

私は権のおっさんの家に急いだ。玄関横の物干しにはキツネやタヌキの皮が無造作に干されていて、中に入ると獣の匂いがした。

「ほ、ほんまびっくりして幽霊かな思ったでえ。き、去年のお盆ころ、大阪の鶴橋や。わ、わしが声をかけたら、逃げるように人混みの中に紛れてもうてな。そ、その時はお盆の準備する朝鮮人の買い物客が市場の通路いっぱいで、わしもほろ酔いやったしな。……

ど、どんな格好やて？　そ、そんなん覚えてないわ」

私は一晩だけ泊まり、次の日朝早く環状線鶴橋駅に向かった。考えれば権のおっさんの勘違いかもしれないし、またそうだとしても半年前の話で会えるはずもない。しかし私は行かずにはいられなかった。正月の人が行きかう鶴橋商店街の雑踏を一人歩き続けた。

源鉄サンチュンが刑務所を出たということは、随分年月が過ぎてからアボジから聞いたが、私はあの事件以降会ってはいない。サンチュンの存在も薄らいだころ、突然記憶が蘇った。何気なく新聞を読んでいたとき、あっ、と声を上げた。国松源鉄こと朴源鉄（四九）、の名前が飛び込んできたのだ。暴力団抗争中の出来事で、背中にうけた刃物による刺し傷が大動脈まで達していて、それによる出血性ショックが死因、即死状態だったと報じていた。私は、背中の恐ろしさのなかに悲哀をただよわせた般若の剝いた目が頭をよぎる。と同時に「あかしゃび」を水しぶきを上げ小躍りしながら追いかける姿、その捕り方を手取り丁寧に教えてくれたこと、そしてはにかむ様な笑い顔。私は何度も読み返し、そして新聞を静かに閉じた。

サンチュンが死んでからすぐアボジは突然の心臓発作であっけなく亡くなった。オモニは「源鉄が連れて行ったんや」とお棺にすがりついていた。その後オモニと大阪の団地で一緒に暮らしたが、私もオモニも再びあの集落を訪れることはなかった。

私はお盆が近づくと毎年鶴橋に出かけた。駅前の迷路のような道には人があふれ、その流れに身をまかせながら春江を探し続けた。春江の後ろ姿を見つけ、人を掻き分け、ときめきと戸惑いで背中を叩くが、怪訝《けげん》な顔がいつも待っていた。亡霊でも会いたい。

九

バス停の標識が根元から朽ち折れ、草と土埃だらけの道のわきに倒れていた。かさぶたのように白いペンキが腐った柱にまだらにまとわりついている。

私は草と土を足で掻き分けた。横口、と書かれている。曲がりくねった黒谷川に沿った旧道をバスが通らなくなってから、もうずいぶん歳月が経ったことを示していた。

「ここや、……ここか。もう、五十年になるのか」

呟き、大きな溜め息をついた。

秋が深まった集落への道は木の葉が色づき、時折キィー、キィー、キチキチキチ、と甲高いモズの鳴き声だけが聞こえる。

私が急にここを訪れようと思ったのは、オモニも亡くし一人身で、医者から肝臓癌による余命を宣言され、まだ歩けるうちにここをもう一度見たい、行かなければと強く思ったからだ。

集落へと向かう道は草むらが続き、腰の高さほどの草をかき分けながら進まなければならなかった。ここ何日間は体がだるく微熱もあるようだ。この道がこんなに長かったのか。やがて道が開け、ひしゃげ腐りはてた木材の塊が目に入った。その横、風に揺れる雑草の中に欠けた茶碗のようなものが見え隠れしている。顔を上げると五十メートルほど先にひときわ高い木が目立つ。ビルの五、六階はゆうにあろうか。ここがお前の家だと、そのポプラは全身の葉を揺すり私を招いている。あんなに大きくなったのか、唇を強く結び、はやる思いで草を踏んで行く。

昔の集落の様子が、水に落ちた油のようにわっと頭の中に広がる。その木は私の家の横にあったものに違いない。だとするとここが春江の家か。私は一抱え以上にもなった木の幹をいとおしむように撫で、今は草むらしかない空き地をゆっくりと見渡す。井戸端も、その周りの家々も、集落全体が揺れ動く草の中に沈み込んでしまったのだ。春江の家だった地面をしゃがんで撫でた。そしてゆっくりと立ち上がりサンチュンの小屋を探そうと黒谷川の岸辺の方に向かう。瞬間風が渡り、ザワザワと草木を激しく揺らした。

ポプラを起点に記憶を辿りながら確かめるように草むらを歩く。小屋はこのあたりに違いない。草を何度分けてもあるのは乾いた土だけだった。

くち落ちた木々や草を更に踏み分け黒谷川の岸辺に辿り着く。川の流れは昔と同じように微かな水音をたてている。あの青字石は棘のある藪の中にあった。足で藪を分けようとしたが、蔓を巻いている細い枝は足を戻すと元の状態になり行く手を阻む。目を凝らして石を見たが、青いペンキの痕跡すらなかった。ここを二人して回ったのだ。今は近づくことすらできない。

私は胸のポケットから白いハンカチを取り出し、ゆっくりと広げる。一本の長い毛を大切に摘み上げる。風が吹き抜けた。木々も草も一斉に流れる。私は指を放す。瞬間、その髪の毛は見る間に舞い上がり、消えた。

風音の中から私を呼ぶ声が聞こえる。後ろを振り返るとポプラが立っているだけだった。

滝の子

瀧男の家は紀伊半島、大峯奥駈道《おおみねおくがけみち》にある。修験者の通うこの行者道は、奈良吉野山と和歌山熊野三山を結ぶ八十キロの山岳の道でもある。それは大峯山を縦走する標高千から千九百メートル級の険しい峰々が続く。その道の主稜線沿いに七十五箇所の靡《なびき》と呼ばれる行場（霊場）があり、修験者は神仏が宿るその靡の岩や峰、滝などで祈りを捧げる。

この七十五という数は歴史的に整理されてきた結果であり、もっと多くの靡が設けられていたという。特に江戸時代における紀州藩の宗教政策や明治期の修験道禁止令以降、奥駈道の更に人が入りにくい険しい場所は荒廃し忘れ去られた。瀧男の家はその忘れ去られた靡にあり、周りには人家はなく、この山深い家に人が訪れることはめったにない。

家といっても板を貼り合わせたような小屋で、父と瀧男が住む六畳一間の部屋には畳はなく、むしろ修行場というのがふさわしい。玄関土間の横に小さな炊事場があり、水道はなく一抱えもある素焼きの水瓶が座っていて、電灯用の電気はかろうじて通っている。家の裏には、高さ三十メートルちかい滝があり、滝壺の直径は十メートルほどで中心部は深く、濃紺の水をたたえている。尖ったV字峡谷の底にあるその滝は陽光が射す時間が短く、昼間でも薄暗い。ズザアッーという水音以外何も聞こえず、激しく波打つ青黒い滝壺に渦が巻き、荒々しく水柱を上げ今にも龍が立ち昇る霊気を感じる。その滝壺を撥ねる飛沫が掛からんばかりの近さに瀧男の家は建っている。瀧男が高校に入った三年前の二〇〇四年、この一帯は『紀伊山地の霊場と参詣道』ということでユネスコの世界遺産に登録されたと聞いているが、瀧男の生活は何ら変わりがない。

学校は谷底の家から峠まで上り、そこを下った村にある分校だ。その横に併設している小・中学校も通った。その時々の担任は、義務的にか一度は「家庭訪問」として来たが、家の様子を見、父に会い、それ以後は瀧男が学校を長く休もうが来ることはなかった。滝の横に建つ祠《ほこら》のようなあばら家もそうだが、父は子どもから見ても「常人」ではない気配がある。一見して髪の毛やヒゲも何年も切ったことはないと判るくらい伸びている。肩まで垂れている毛は後ろで結わえ、あごヒゲは扇状に広がった先端がみぞおち辺りにきている。前うしろを毛が覆っている姿は、確かに尋常ではない。先生方が後ずさりするのは、その容貌よりも、父の眼光だ。それは虎や鷹の眼のように猛々しいというのではなく、自分の心の中を見透かされているような半眼からの光のこと、そんな風に感じるのだと思う。瀧男もいまだに父の眼を正視することができないでいる。先生の話を父は無言で聞いている。滝の音がうるさく会話にもならないこともあるが、いつもあいさつ程度で先生はすごすごと山道を逃げるように戻っていく。当然のように級友たちも来ることはなかった。

家の主な収入は薬草採りだ。山々に自生する甘草《かんぞう》やウコギ、えびす草、アガリクス茸などを求め斜面の藪をこぎ、崖を登り、人跡のない獣道を這いまわる。この日は学校を休まされ連れて行かれた。季節によって生える薬草と場所、その効能を父は覚えさせた。「この仕事も生きていくには大事なことだ」と父は言う。

それを村にある薬草問屋に持っていく。問屋といっても看板を出しているわけでもなく、雑貨屋の合間に薬草をよせ集め、漢方薬店や薬品会社に卸している。手に入りにくい天然物は重宝がられた。薬草の知識は父の方が詳しくその効能や用途などを教えるほどで、問屋の主人は父に一目置いている反面、その怪奇な風体や物怖じしない凛とした態度を嫌っているようにも感じる。揉み手をし、へっへっと卑屈そうに笑う主人の姿は、何か見下されているようで瀧男は好きになれなかった。薬草が途絶える冬場は、父は伐採などの山仕事や道路の舗装工事などもしていたが、請われたときだけでいつもあるわけではなかった。最低限の米、味噌、醤油そして暑さ寒さをしのぐ服を得るためだけの生業《なりわい》だ。

もう一つ父は、修験者といおうか、武芸者というべきか、自らが編み出した「術」を磨いている。瀧男は物心がつくころからそれを仕込まれてきた。その基本は滝の流れを見ること。幼い頃から父と二人で滝壺の岸に座禅を組み落下する水を見続けた。初めはじっとはしていられなく、座るのをやめて動き回ることもあったが父は何も言わず、瞬きすることもない半眼で石のように座り続けていた。見るのは連続する水の流れではなく、水滴の一つひとつを見定めるのだと。研ぎ澄まされた絶対無の境地に達すれば自《おの》ずとあまたの星のごとく水の球が見える。そうすればすべての苦しみから解き放たれ、幸福感が五体に溢れる。父の言葉に疑問や反発も覚えたが、しかし途切れることなく落ち続ける水を凝視し続けると、不思議と気持ちが落ち着いた。

父は朝日が昇る前から滝に打たれる行《ぎょう》をしている。瀧男は用を足しに行くとき何度か見たことがある。夜明け前の闇のなか、父の体を撥ねる水しぶきがぼんやりと見えはじめると共に陽が昇ってくるのだ。雪の日も風の日も休むことはない。父の滝行が天道様をこの世に呼び込んでいるのだ、瀧男はそんなことを思っている。白々と明けていく陽のなか、体を飛び散っている水滴が霧になりそのベールで包まれた人体の輪郭が仄明るい発光体に覆われる。その光色は赤であったり紫、青、黄と、あるいはそれが混在するときもある。父でありながら神々しさを覚え、気が付くと頭を垂れ手を合わせている瀧男がいた。

しかし学校に通い、物心がついてくると谷底の世界とは違う世間が見えはじめ、瀧男は家の貧しさ、わびしさを実感した。家にテレビや洗濯機、冷蔵庫がないことよりも、「母」がいないという虚しさだった。参観日の時に母親に甘える級友たちの姿から今まで感じたことのない、胸に穴が開いたような寂しさを覚えた。父から母は瀧男が生まれてすぐに病気で亡くなったと聞いていた。しかし母子の写真は一枚もなく、いつどこで何の病気で亡くなったのか、また父・母方の親戚縁者はいないのか、父に尋ねたことがあった。母は産後の肥立ちが悪かったこと、親戚はどちらもいない、と呟くように言ったきり黙り込んだ。父の様子からそれ以後は聞けず、母のことは封印してしまった。

父の使いで薬草を一人で届けたときだった。瀧男にはおべっかをすることもなく横柄な態度で主人は話す。

「お前とこのオヤジな、こんなところまで落ちてこんでも、東京におったらよかったのに、ほんま。いくら嫁はんと子どもが焼け死んだいうてもや。また嫁はん貰うたらええやん。せっかく大学の先生やっとったのにのお」

主人は、瀧男が玄関先に置いた竹かごから薬草を取り分けながら言った。

瀧男は初めて聞く話に「えっ」と目を見開き、気が付けば主人に詰め寄っていた。

「そしたら、母ちゃんと兄弟が火事で死んだということか！　東京で」

大きな声を出した瀧男を主人はにらみ返した。

「お前、何も知らんかったんか。ちっ、余計なことを言うてしもうたな。……まあええ、ほんまのことやから。お前のオヤジなあ、ここに死にに来たんや。滝に飛び込んだんやが、命はとりとめた。ここら辺では大事件で、新聞に事情が出てた。何でも国立大学脳医学の若い有望な先生やったそうや。あほや、みんな捨てて、こんなとこ、こんでもええのに」

主人は薬草の伝票と竹かごを瀧男に差し出していたが、かごで腹を突かれることで瀧男は我に返った。

「そんで、お前のことは聞いてるんか。……何のことかて。あのオヤジ、言うてないんかえ。……へっ、そんな怖い顔すんな、あとはオヤジに聞けや。毎度おおきに」

主人は薬草の入った箱を抱え足早に部屋の中に入って行った。

瀧男はどのようにして家にたどり着いたのか、気がつけば家の前にいた。陽は暮れて電灯の明かりが玄関から漏れている。

「お帰り、ご苦労さん。晩御飯ができている」

瀧男は無言で家に入る。炊事場から湯気が昇り、みそ汁の匂いがする。瀧男は聞くべきか、どう話せばいいのか、頭の中に渦が回っていて、立ち眩みがする。

「どうしたんや、突っ立ったままで。……何かあったのか」

瀧男はその場に崩れるように腰を落とし、うずくまったままじっといる。父はなにか察したように瀧男の正面にゆっくりと胡坐をかいた。瀧男が顔を上げると、父は静かに手の平を瀧男の額に数センチ程の間合いをとり当てる。半眼になっている父の眼球は微動だもしない。手の平から太陽コロナの火炎のように噴出している熱い流動体が瀧男の額から体に染み入っているように感じ、体がじいんと火照ってきているのが分かる。瀧男の体が膨らむように背筋がまっすぐになり、波打っていた頭の渦も止まりだした。父は口を結び頷いた。半眼は解かれ涼しい目になっていた。

瀧男は問屋主人の話を始めた。父は話の内容を知っているかのように瀧男の話が終わるまで顔の表情も変えず聞いていた。

「主人の言うとおりだ。お前も少しは分別をもって聞ける歳になったのでいい機会だ。そう……死に場所を求めてきた。……その火事は放火だった。激しい火の中で泣き叫ぶ二人を救えなかった。誰が火を点けたかはすぐに分かった。若くして教授になったわしへの妬みから、同じ大学の同僚だ。しかしそいつは間もなく脳溢血《のういっけつ》で死んだ。……すべてが終わった、けじめをつけるためみな捨てここまでやって来た」

父にしては珍しく感情を出している。

「父さん、そしたら僕はその火事で助かったということ？」

瀧男はそうであることを祈った。

父は唇を結び暫く考えている様子だった。

「……その後も、死にきれなかったのは、お前が現れたからだ」

「現れた？」

瀧男は自分の眉が寄ったのが分かった。

「お前は授かった子だ……わしはそう思っている」

瀧男は父の顔を正面から見た。父は噛みしめるようにゆっくり丁寧に話し始めた。

死に場所をこの滝に決め、体に石を結び、滝壺に飛び込んだ。苦しくもがいても石は体を確実に暗い底に連れていく。意識が遠のき、時間と空間の感覚がなくなり、これが死だと実感した。自分はすでに死んでいる、そう思ったとき、闇に二つの光が見えた。赤であり、いや紫だったかもしれない。光は徐々に大きくなり、近づいて来ているようだ。同時に津波のような強い水圧を感じる。そばに来た光は、こちらを窺がっているように見えた。やはり両眼に違いない。そして一本の太い長い紐のようなものが私の周りを回り始めた気配がした。やがて水は渦をえがき始め、私の体は塵のように渦に絡め捕られる。その太い紐が私の体にも触れる。ざらっとした団扇大くらいの鱗に全身が覆われているようだ。渦は激しさを増し、私の体はコマのように回っていきやがて高速モーターに肉片が付いたように、手、足、首が胴体から分離し漆黒の滝底に落ちていく。

どれくらい日数、時間が経ったのか、瞼を透して仄明るい光が届く。ゆっくり目を開けると白衣が見え、消毒液の匂いがした。ベッドに寝かされているようだ。医者が言うには、三日前にたまたま古い靡の滝を知っていた修験者が岸辺に倒れていたのを見つけたそうだ。その修験者はそこに行くつもりはなかったが、その滝の方から竜巻が昇るのが見えて、何かに引かれるように来て発見したと。体にはヤスリで擦ったような傷がいくつもあったが岩肌に触れたものだろう、と医者は言った。警察の事情聴取には、東京での暮らしや、自殺の経過を話したが、滝底で起こったことは話さなかった。

滝底での体験は事実だったのか、それとも脳内作用の臨死体験で幻想を見たのか。もちろん脳研究者としてはこの体験は脳内でおこった現象である立場をとる。臨死体験の大部分は側頭葉てんかんに類似した脳内現象として説明してきた。しかし、その一方で現代の科学が宇宙や生物のすべてを知り尽くしている、あるいは科学的にすべて証明ができると も考えていない。このずきずきと痛む全身の深い擦り傷は岩だけでは説明がつかない。退院するとその滝に戻り、食も水も断ち滝に打たれ瞑想を始めた。七日目の夜明け前、黄金色の陽と同時に滝を立ち昇る龍を確かに見たのだ。その水滴が私の全身を濡らし、そして深い瞑想に入ることができ、安らぎを得ることができた。

滝行と瞑想三昧の歳月が流れた。やがて見えないものが見えてきた。一粒ひと粒の極小の水、イメージでいえば水の分子に近い水滴だ。極限の水滴が見えたことで私の「術」がより完成度を上げるだろうと確信が深まった。

赤く紅葉が色づくころだった。いつものように夜明け前に滝に打たれ瞑想していると、猛火の中で死ぬ息子の泣き声が聞こえた。ああ、邪念が沸き上がったのだと自身の未熟さを恥じた。辺りが白々と明け始めると滝の岸に小さな塊が見える。近づくと幼子が横たわっていた。冷たい、死んでいる? 手の平を鼻に近づける。息が微かに当たったような気がした。息子と同じ二歳くらいか。子どもを抱きかかえて部屋に戻り布団を掛けすぐに湯を沸かした。温かいタオルで体を丁寧に何度も拭うと、細い泣き声を出し握っていた手が開いた。私は忘れていた喜びという感情が湧いた。毛布で大切に包み村の医者に急いだ。警察は、よちよち歩きの子どもが一人で来るはずはなく、「同伴」の目撃者や、親子心中の線からも捜査をしたが該当するものはなかった。私の誘拐も疑われたが、結局はこの子どもが誰なのかも分からずじまいだった。養父として育てると決めたのは、やはり不幸な死に方をした息子への思いからに違いない。滝神から授かったので瀧男の名前にした。

父はそう語ると、静かに目を閉じた。無駄なことを言わない父がこんなに長く話したのを初めて聞いた。問屋の主人が言っていた時から覚悟はしていた。自分の家の貧しさや母がいない境遇を恨んだことは一度や二度ではなかったが、不思議と父に対してはいとわしく思ったことはない。瀧男が病気の時は負ぶって峠越えをしてくれたし、小学校入学の時は髪もヒゲも切り落とし一緒に分校まで行ったこと、朝夕の食事の世話、夏は蚊を追いやり、冬は隙間風を厚紙で閉じてくれた。今まで怒られた記憶はなく、言葉は少ないが丁寧に何でも教えてくれた。特に、父と一緒に滝行を始めてからは、会話をしなくても父の考えていることが分かるようになってきていた。たとえ私が「捨て子」であっても「師」である父への思いは変わらず、大切に育ててくれた感謝さえある。

この話の後、瀧男はより一層「行」に励んだ。行に励むことが絆をより深め、そして父に近づきたい、というのが偽らざる気持ちだった。滝の落水圧を感じなくなり瞑想が深まると落下する水が小さい玉のように連なった紐状に見えることもあった。その時には心が澄んでいくのが実感でき、崇高な境地が伺える気がした。「行」こそが「生」であり、その他は生活を支える手段である、という父の言葉の意味の輪郭が分かりはじめてきた。

高校三年になり、いつもの夜明けの滝行を一緒に終えた後、珍しく瀧男に話しかけてきた。

「一粒ひと粒の水滴が見えるようになったか……そうか、まだ水滴が連なっているか。しかしもうそんなに時間がない。……教えたいものがある」

そう言い、箸入れのような革袋を見せた。そして止め紐をほどき、中の物を指で引き抜く仕草をしたが、指先には何も見えない。

……そして父と向かい合い「術」を知らされた。

「そこは、水滴が見えるようになれば、自ずとわかる」

瀧男はこの「術」に驚きもしたが、なぜ今そのことを父は伝えたのだろうか。

瀧男は水滴が見えるよう行に励むと同時に父に教えられた術の取得にも励んだ。何のために？　ふと湧く疑問や不満は、師でもある父を信じることで心に納めた。

三カ月ほどが過ぎ、梅雨に入り滝の水量が増し体に落ちる重さを改めて感じるころだった。学校から帰るのを待っていたかのように瀧男の前に父は座り、静かに言った。

「気を確かに聞きなさい……私は間もなく死ぬ。少し前から体の知らせを聞いていた。……お前に改めて礼が言いたい。ここまで生きてこられたのはお前がいたからこそだ。裕福な生活も世間でいう親らしいこともできなかったが、父として誠に接してきたつもりだ。……出会えてありがとう」

父の涙を初めて見た。おそらく亡くなることは事実だろう。ろうそく火の最後がすーっと消えるように。瀧男は自分でも驚くくらい冷静に父の死を認めている。

夜明け前に起きる父が朝日が窓に射しているのに起きてこない。布団の上から父を揺すった。声も発せず、微動だもしない。すばやく父の鼻の上に手を当て、神経を集中する。

ない。「父さん」と腹から叫んだ。予期したように瀧男は一人になってしまった。穏やかな寝顔だった。

未成年で身寄りも費用もないため役所が簡素な葬儀をしてくれた。瀧男は役所が手配する児童養護施設に行くまで遺骨は家に置いた。最終的には無縁塚へ合同埋葬されるらしい。施設に入所する日、夜明け前の滝行を両手で骨を握りしめ父と一緒に行った。そしてその骨を滝壺に撒いた。落水に押され底に沈んでいく。その時、滝底からの響き声と同時に一粒の「水滴」が見えた。孤独の中でおこなった滝行は瀧男に新しい境地を与えていた。

児童相談所の担当者が運転するライトバンに乗って施設に着いた。担当者が掛けているメガネは偏光レンズが入っているのかサングラスに近い黒さだ。国道を一時間ほど走り街中を抜けた山手にその場所はあった。木造二階の建物は古びたアパートのような佇まいだ。それでも小さな門があり門柱には「愛隣園」と書かれていた。その門には似つかない大きな南京鍵がぶら下り、周囲は木々で覆われ、さらにその外側は高い金網柵が敷地を囲んでいるようだ。

担当者はドアを大きく開け、「指導主任の熊田健二さん、お願いします」と事務所で言った。奥の机の男がすっくと立ち手招きをする。「先日、電話で話した子です。関係書類一式はここに入っています。……ほら、礼をして」と茶封筒を渡しながら言う。瀧男はちょこんと頭を下げた。封筒を受け取った主任は「水本瀧男君やったね」瀧男の顔を覗くように見た。大柄で角刈り、耳はカタツムリのように潰れている。「ではよろしく」と担当者は次の仕事が待っていると出て行った。

熊田主任指導員は事務所のソファーに座らせ、施設の生活規則などについて説明をする。事務所には他に二人が机に向かい仕事している。

「ここはな、君みたいに保護者のない子とか、いろいろと虐待されている子なんかを成人になるまで面倒見るところや。今十五人ほど入っている。集団生活だから指導員のいうことを聞いて、勝手な真似したらあかんぞ。ええか」

念を押しながら、寝起きや風呂、食事の時間などを聞かされた。「一部屋二人が基本やけどそうじゃない子もいる。君の同室には金村泳鶴《えいかく》、泳ぐ鶴と書いて、高二でお前より一つ下の子がいる。後は住んでいるうちにだんだんわかる。じゃ、部屋に行こ」と主任は立った。家でまとめた荷物を持ち二階への軋む階段をついて上がる。部屋の中は、壁に二段ベッドが寄せてありその反対の壁には机が二つ並んでいた。下のベッドに座っている丸刈りの小柄な子が泳鶴だろう。上目づかいで瀧男を見ている。「仲良くするようにな。夕食時にみんなに紹介するから」と主任はすぐに出て行った。

「なんでこんなところに来た」挨拶もそこそこに泳鶴は吐くように言った。

食事は一階の食堂でする。四人掛けのテーブルが五つほど並んでおり、部屋ごとに座るところも決まっているらしい。小学生の子から高校生まで四つのテーブルに収まりもう一つには大人、指導員たちの席だろう。女子のテーブルも一つあった。みな音も立てずに人形のように座っている。

「今日新しい仲間が入って来ました」とでっぷりと脂ぎった顔をした男がみんなに向かってにこにこしながら話した。髪が薄く細い銀色ぶちのメガネをしている。横の泳鶴は肘で瀧男を突っつき「あれが園長や、横に、さっき来た大きい奴が『熊ケン』いうんや」小さく早口で言う。園長に促され、瀧男も自己紹介をし、名前とよろしく、だけ言うと座った。「そうですよみなさん。あいりん、ここの名前のように相手のことを大切にして、これからも仲良くしてくださいね」。園長が言うと同時に裂くような鋭い悲鳴が一瞬聞こえた。女子テーブルの方からだ。みなもその方を見たが、すぐに何もなかったように食事は始められた。園長も一緒に食事をし、食後は数種類の紙袋から取り出した薬をまとめ、ほうばるように呑みこんだ。「あいつ普段贅沢しているから糖尿や通風、高血圧なんかあってな、精力剤も飲んでいるらしいで」と泳鶴は憎そうに言った。

瀧男は近隣の高校に転入した。園からは三名が通っていると泳鶴から聞いた。もう一人は水紀という女子で瀧男と同じクラスだった。色白で能面の増女のように表情がない。教室でも園内でも喋ったことはないし、また誰かと話している姿や声も聞いたことがない。

ある日、授業中に斜め前の水紀が鞄を探りそわそわしている。どうやら筆記用具を忘れて板書を写せない様子だ。瀧男は後ろから鉛筆をノートにそっと置いた。振り向いた水紀と目が合う。黒目がちの澄んだ目だった。授業が終わると返しに来たが、学校が終了するまで使うようにまた渡した。「ありがと」小さな声で聴き取れなかったが確かそう言った。

学校が終わり帰るところも同じなので、並んで学校を出ることもあり、鉛筆のことから、どちらともなく会釈はするようになった。下校時に雨が降ってきた時があった。傘を持ってこなかった瀧男は玄関先で恨めしく空を見上げた。そっと傘が頭上に被さり、横に水紀が立っていた。雨はさらに激しさを増し止む気配がない。瀧男は鞄を抱き傘に入る。水紀が濡れないように肩の半分は雨の中だ。落下する水滴が傘を撥ねる音だけがする。水紀は気配を消し深い沈黙の中にいるようだ。瀧男は何か話さなければと焦り、ふっと横を見た。傘を持っている水紀の下がった袖口の手首に無数の細い溝が刻まれている。いつも長袖を着ている理由が分かった。雨音だけが二人を包んでいた。

泳鶴とは一カ月ほど寝起きを共にしているが、何かよそ者に心を許さないのか、通り一遍の会話はするがそれ以上は深まらない。ある時、学校から帰ると泳鶴の顔や腕に打撲したようなあざを作りベッドで唸っていた。さっそく裏山で薬草を探し、磨り潰して患部に貼ってやった。頑なに拒否をしていたが、効くと言って無理につけた。暫くすると痛みが少しましになり腫れも心持ちひいたようだ、と照れ笑いをしながら喋りかけてきた。

「助かったわ。……熊ケンや。あいつは暴力でここを支配してる。口答えしただけで、見せしめや」

食事の時の異様な静けさが頭をよぎった。思えば園生たちの笑い声を聞かない。みんなとは食事の時に顔を合わせるくらいで、その他は部屋に閉じこもっているようだ。泳鶴は痛みが和らいだと、腕をゆっくり回しながら、体を起こしベッドに座る。

「この部屋にいた前の子は、逃げ出したのか、急にいなくなった。園長は行方不明で、とても悲しく心配だと言うとったけど、みんなは白けてる。あいつこそが張本人や。そのうちこの園のことが見えてくると思うで、兄《にい》やん」

歳上だから兄やんと呼ぶでと言いながら、話しを続ける。「俺はな、私生児や。父さんは初めからいない。そやけど母さんが亡くなるとき、聞いたんやけど父さんは単身赴任で来た韓国人で、このへんな泳鶴ちゅう名前つけたそうや……兄やんは？」

瀧男は、「僕は母が分からない」後はだいたい同じような事情だと言い、奥駈道沿いにある滝の家の話もした。瀧男は気になる水紀のことを聞いた。「あいつも可哀そうな子や」と前置きをし喋りはじめる。母親が亡くなった後、再婚した新しい母親に子どもができ、その後父親が亡くなった。「小学校の高学年ころで、厄介者になった水紀は、いうたら育児放棄や。虐待もあったということで相談所からここに送られてきた。俺その時園に居たので覚えてるけど、眼だけが光っている骸骨みたいやったでほんまに」

その後、水紀の体も心も徐々に回復してきたと泳鶴はいう。瀧男は少したためらったが、水紀の腕の傷・リストカットのことを聞いた。泳鶴は口を結び大きく頷き、話を続けた。前の園長の時はここの生活も心地よかったが、三年前に亡くなり、その息子が引き継ぎ、子分みたいな熊ケンも連れてきて、それからこの施設は措置費や給付金目当の経営になり、子どもよりも金の方が大事な今の息苦しい園になったという。暫く黙り外に聞き耳を立てた後、小声で言う。

「あんな、あの傷な……園長が、やってんねん……その叫びや、と思ってる」

「やってる?」瀧男は聞き返した。

「真夜中に園長が水紀の部屋入っていくのを何回か見てん。……性的虐待や」

瀧男は息を呑んだ。そして傘をさしてくれた寂しげな横顔が浮かんだ。

それから水紀のことが頭から離れなくなり、姿を見ると胸がしめつけられるように痛んだ。日ごと何とかできないのか、救いたいという思いが強くなっていった。

泳鶴から聞いたように園長が宿直のとき、薄暗い廊下を音をたてずに歩き水紀の部屋に入っていくのを見た。いっそのこと、乗り込もうと思ったが、一緒にいた泳鶴に止められ、部屋に押し戻された。

「熊ケンをはじめ、ここはみんな園長側やから丸め込まれる。熊ケン、あいつ何をしでかすかわらへん。するんやったら証拠を集め児童相談所に訴えた方がええ」

瀧男は今水紀の部屋で行われていることを考えると眠れず、外が白み始めるまで寝返りを打っていた。朝食の時間、園長はいつもと変わらず微笑みながらご飯を食べている。水紀はうつむき、消え入るような姿で箸は動かない。茶碗の触れ合う音だけがするいつもの静かな風景だ。

瀧男はリサイクルショップで古いカメラを買った。園長が水紀の部屋に出入りする姿、部屋中の撮影はできないが、日にち、時間を克明に記録した。何日か分を集め、児童相談所に行く日、学校は昼から早引きをした。欠席は園に連絡されてしまう。教室を出るとき水紀の後ろ姿を見て「よし」とひとり頷いた。

受付で施設名を言い、相談にきたことを伝える。暫くすると黒メガネをかけた人が来た。入所するときに連れて行かれたあの担当者だった。知っていた人なので良かった、と尖っていた肩の力が抜けほっとした。別室に連れて行かれ、瀧男は写真の説明と指導員による暴力行為を早口になるのを抑えながら話した。担当者は写真を捲りながら黙って聞いている。「うむ……分かりました。これは重大かつ決して許せない行為ですぐに対応します。それまでこのことは決して他の人には言わないように」

(ようし、水紀、これで大丈夫だ)、仕事をやり終えた充実感を覚えた。

それから二日後、夕食を終え立とうとしたとき、熊ケンが「ちょっと」と瀧男の肩をぽんと叩いた。珍しく園長が夕食に来ていなかったのは、児童相談所から指導があったのだろう。瀧男はすっくと立ち上がり、座っている水紀を見た。先に歩く熊ケンに続き廊下突き当りにある部屋まで行く。中に入ると部屋にはドアがもう一つあり、熊ケンはそこを開けて「こっちや」と手招きする。下に降りる階段があった。地下室だ。瀧男は反射的に戻ろうとしたが、丸太のような腕に襟首をつかまれ階段を引きずられるように下ろされた。薄暗い明かりのなか、園長とその横に黒メガネがいた。

「熊ちゃん……こいつに、ここでの暮らし分からせな、あかんなあ」

ひひと園長は口を歪めた。相談所の担当者が教えてくれた、ここに居てもらったのは、相談しても無理やということを分からすためだ、といい熊ケンは瀧男の太ももに蹴りを入れた。どっと瀧男は崩れる。黒メガネは貰った封筒を内ポケットに入れ「じゃ、私はこれで」とそそくさと階段を上がる。園長は「また、よろしく」と言葉をかけた。瀧男は横たわり辺りを見回した。ロープや棒などが無造作に置いてあって、セメント床には赤黒い染みが見えた。

「熊、お前興奮すると無茶するからな、この前みたいにならんようにな、ええか、死なせたらあかん。面倒や、補助金も減るしな」

熊ケンはうな垂れ「はい」と小さく返事をし、棒を拾い上げた。

どれくらい時間が経ったのだろう。目が覚めるといつものベッドの中にいた。大きなドラムの中で転がし続けられたように全身が痛い。首を動かすことも寝返りもできない。泳鶴が覗いている。めった打ちにされた後、腹を蹴り上げられたままでは覚えている。「兄やん、大丈夫か。熊ケンが真夜中に運んで来よった。同じ目にあいたくなかったら、黙っとくようにと俺も殴られた。そんで学校休んで看病するようにも言われた」

それを聞いた後またしばらく瀧男は眠ったようだ。目覚めて泳鶴に水を求めた。水滴が喉に落ちていく。瀧男は目を閉じた。暗い滝底に沈んでいる父の骨が見えた。

二日ほどすると泳鶴が運んでくれる食事が食べれるようになった。幸い骨折はなく、打撲の傷や腫れは日にち薬で回復するだろう。

一週間ほどが過ぎ、学校にも行くことができた。水紀は顔の紫あざを見てはっとした様子を見せたが、すぐに元の能面に戻った。下校時、瀧男は校門を先に出て水紀を待った。電信柱の陰から声をかけると水紀は驚き立ち止まる。瀧男はすぐに水紀の手を引き、近くの公園に連れて行く。大胆な行動に瀧男は自分でも驚いたが、水紀は引っ張られるまま抵抗することもなく続いた。「水紀さん、僕の話を聞いてほしい」近くのベンチに瀧男は腰を掛け、水紀も座った。すべり台を滑っている子や、ブランコに揺られている子どもたちが遠目に見える。「その傷どうしたの」小さな声で水紀は聞いてきた。水紀の吐息がかかるくらいの近さで、なぜか瀧男の胸が高鳴った。瀧男は水紀の目をそらさず見つめ、噛みしめるように話し始めた。気がつくと陽は傾き、子どもたちの歓声もなく、ブランコは垂れさがったままだ。その間、水紀は声も出さず伏し目がちで、時々は睨むような眼差しを上げた。最後は「分かりました」と小さく息を吐いた。

夜は更け、次の日になる時刻をとっくに過ぎている。瀧男は泳鶴が寝ているのを確かめ、部屋内のドアに耳を押し付け頭の芯が痛くなるほど神経を研ぎ澄ませた。頭の中に廊下を動く人影が映る。その影が水紀の部屋のドアを開け、そっと閉めた。園長が入って行ったに違いない。瀧男もゆっくりとドアを開け、廊下に人がいないのを確かめ出て行く。手には細い革袋を握りしめている。

あの時、瀧男は目を凝らし視点を父の指先に集中させた。薄く銀色に光るシャーペンの芯よりも細いものが見えた。父はそれをそっと瀧男の指に摘ませた。細長い針だがぴんと張り、その尖った先端はなにものも貫く威厳さえ感じた。そして父は言った。いいか、脊髄から入れ脳幹、間脳を過ぎ脳梁まで一気に刺す。そしてすばやく抜く。入れると抜くはほぼ同時、まばたきするより早くだ。そうすると血は出ないし痕跡は分からない。解剖しても医学的には脳溢血の自然死だ。「水滴」が見える境地になればおのずと首後ろ、脊髄上の針先を通す点が見える。そこを一突きに。相手は痛みを感じず落ちる。相手が直立している姿勢では難しい。下を向き後頭部が無防備な時が好機だ。いいかこれはむやみに使うものではなく、またこのことが目的でもない。本来は心の不安を取り除き安らぎを求めるためにしてきた「行」の一つの結果として見えてきたものだ。……瀧男、言っていることが分かるな。

園長が今していることを考えれば体が震えるほど怒りがこみ上げてくる。歪んでいる水紀の顔が浮かぶ。落ちつけ、滝に打たれたときのように無の境地で蜂のように一瞬に。あらかじめ作っておいた合鍵をゆっくりと回す。ドアをそっと開けると月明かりのなか、うめくような声と荒い息づかい、ベッドのきしむ音も聞こえる。瀧男は長針を抜く。薄い明かりに先端が光った。素早く被さっている園長の背後にきた。下の水紀も気づいてない。声や音が呻くように低く高く重なっている。父の教え通り丹田に気を蓄え深く瞑想する。すると両眼のような二つの光が巴のように回りながら重なり、喘ぎながら小刻みに動いている園長の首元、脊髄に水滴のように落ちた。瀧男はその一点を睨んだ。細い棘の先端を一気に突き刺せばよい。唇を強く結び先をたるんだ肉に付けた。

園長は鈍いうめき声を上げ、前かがみの体をむっくりと起こして立ち上がろうとする。そしてベッドから落ちるように倒れ込み、銀縁メガネが床に転げた。剝いている白目が薄暗闇に見えた。水紀はシーツを体に巻き付け、瀧男の横に来て園長を見下ろした。瀧男は膝を曲げ首を傾げて園長の胸に耳をつけた。鼓動が聞こえない。頷き、水紀と目を合わせたあと素早く滑るように部屋から出て行った。

「ギャー！」

水紀の断末魔のような叫び声を聞いたときには瀧男は自分の部屋の戸を閉めていた。寝息を立てている泳鶴を見て、素早く上段のベッドに潜り布団を頭から掛けた。やがて廊下を行き交う音がし、暫くして救急車のサイレンが聞こえてきた。救急隊員が担架で運ぶころには、あちらこちらの部屋から園生たちが出て遠巻きに見ていた。瀧男も泳鶴と一緒に担架とその後に慌てて続く熊ケンを目で追った。園長が運ばれていったそうだ、みなのさやき声を瀧男は黙って聞いた。

翌朝、食事のとき熊ケンは園長が昨夜巡回中に突然亡くなった、とみんなを見回して言う。

「警察の検死から死因は脳溢血、主治医の見立ても同じでおそらく持病の高血圧が原因だろうと言っていました。あんなにみんなのことを考え優しかったのに残念です。起立して冥福を祈ります。起立」

瀧男は黙祷《もくとう》の薄目を開け水紀の方を見た。水紀は立たず下を向いたままだった。葬儀はあさって園の葬儀とする、それまで謹んで行動するように、熊ケンはみんなを睨んで言った。

葬儀のため学校は休まされたが、園生たちは誰一人泣かなかった。園以外の参列者も少なく葬儀はあっけなく終わった。

瀧男はその真夜中、柵を乗り越え愛隣園を出た。もうここには戻らないだろう。そしてあの滝の家に帰った。なつかしい滝音、跳ねる水滴、前のままだ。瀧男は滝壺に漂っている父の気を吸うようにゆっくり深く呼吸をした。水滴がきらきら輝いて見えた。薬草売りや山仕事をすれば生きていけるはずだ。

数カ月が経った日、ラジオのニュースで愛隣園の名前が出て、瀧男は急いでボリュームを上げた。児童虐待及び殺人容疑で警察が調査に入っている。行方不明の児童生徒が複数名おり、園の主任指導員、及び児童相談所の担当者からも詳しく事情を聴いている。今回の事件は入所者が直接警察に訴え明るみに出たと報じていた。それからラジオニュースは欠かさず聴いたが何もなかった。

暫くして薬草を売った帰りに、瀧男は村の本屋に寄った。週刊誌なら出ているかもしれないと思ったからだ。開き二ページの上段には、園長の指示で虐待日常化。主任指導員K殺人容疑で逮捕か。その黒抜きの大きな活字の下に、門の頑丈な鍵と地下室の部屋が写っている。警察に訴えたのはK君で体中のあざを見て警察は事の重大さを知ったという。園長は急病で亡くなっており、以後の経営存続問題にも発展する事態となっていると書いていた。

瀧男は水紀の部屋で園長を刺さなかった。首に針先を当てたとき園長は呻き、体を反らせたのだ。高血圧者の腹上死だったに違いない。

ページ最終下段の方にK君のことがトピック的に添えてあり、「探し『名前』が決め手に」と小見出しがあった。韓国H財閥社長の「御曹司」ということが分かり、子どもがいないため次期社長になる公算が高いと記事は締めくくっていた。瀧男はゆっくりと冊子を閉じた。水紀はどうしているのだろうか。

あれから二年が過ぎ瀧男の働きぶりを問屋主人も認め、また山仕事などの話も来るようになった。父の教え通り滝行も欠かすことはなかった。「水滴」が見えはじめると横には父がいた。

遅い春が山深い滝場にも訪れ、木々の蕾が膨らみ鶯が声を競い合い、滝壺にかかるしだれた山桜がぽつりぽつり開きはじめている。珍しく若い女性がひとり岸に立ち落ちる水柱を眺めている。忘れようが無いなだらかな肩の線と白いうなじ、教室で見続けた斜め前の女生徒に違いない。瀧男は早足で近づく。女性はゆっくり振り返り、はにかみながら微笑んでいる。水紀の笑顔を初めて見た。

つなぐ旅

一人で暮らしている父から珍しく正敏《まさとし》を指名して電話が掛かってきた。

正敏は五年前に母を見送った。長年苦労を共にしてきた連れ合いをなくしたことの余波なのか、八十を超えた齢がそうさせるのか、今まで健康自慢だった父が肝硬変で入院した。病院のベッドに横たわる父は頬がこけ、光のない落ち込んだ目でコホン、コホンと弱弱しい咳をしていた。威厳のある凛としたいつもの姿とは別人だった。退院後、一緒に暮らそうという正敏たちの誘いを「まだまだ大丈夫や。酒の量も気いつける」と一蹴し、団地で暮らしている。

自身の入院のこと、盆や正月の墓参り、祖父母や母の法事のことだの、これまでは妻の順淑《じゅんしゅく》を介して間接的にやりとりするだけで、直接電話で話すことはあまりなかった。食卓テーブル横の電話台で順淑は受話器の片側を手のひらで押さえている。正敏は夕飯の箸を下ろし、受話器を受け取る。気構えて少々緊張するなか、「いっぺん、故郷を見せたい」、そう言われたときは何のことかすぐには理解ができなかった。

「……韓国のや。わしが生まれたところ」

正敏は受話器を握ったまま、（韓国の？　生まれたところ？）、頭の中で繰り返した。

「順淑、テレビの音、小さくして」

父の言葉を取り巻く様々な問題が頭をよぎる。

三年前、一九八八年のソウルオリンピックを契機として、韓国の民主化が図られ大統領直接選挙の導入や反体制派政治家の赦免《しゃめん》・復権も実現した。しかし、そうはいっても軍事政権の延長だし、北とまだ軍事的に厳しく対峙している状況で「朝鮮籍」の父や正敏たちがそうたやすく行けるはずはない。ソウル・金浦空港で自動小銃を上段に構え、睨《にら》みを利かせている兵隊の映像が浮かぶ。

父は、一九六五年前後の「日韓会談」が政治的話題となっていた一時期、北朝鮮・朝鮮民主主義人民共和国を支持する朝鮮総連の地方支部傘下にある分会長をしていた。今の団地が建つ前の朝鮮人集落に六畳と四畳半二間のバラックに住んでいた頃のことだ。日韓基本条約締結に反対する分会集会が正敏の家、奥の六畳間でおこなわれた。六畳に入りきれない人が正敏のいる四畳半まではみ出ていた。奥にあるテレビを無言で観入《み》っている人たちの頭の間からニュース画像が見えた。厳かな屏風《びょうぶ》の前で日本と韓国の代表が握手をしているようで、フラッシュが線香花火の終わりのようにここそこで光っていた。みなは画面を食い入るように見ていたが、正敏は、みんなが早く帰って夕ご飯が食べたい、それだけを思っていた。その後、家にみんなが集うことも少なくなり、やがて来なくなった。父がいつ分会員をやめたのか分からなかったが、ただ仲間や組織に対する人情や義理のようなものがあったのか、朝鮮籍を変える手続きはしていなかった。

日本生まれ二世の正敏には、郷愁はない。突拍子もない話に小首をかしげ眉間にしわを寄せる。順淑が何事かと正敏の顔をうかがっている。

「正敏、大丈夫や、朝鮮籍でも行ける」

黙っている正敏の腹を見透かしてか、父は続ける。北朝鮮系の同胞が墓参りの目的で故郷・韓国を訪問することを奨励する故郷訪問墓参団事業。韓国籍に切り替えなくても行くことができ、旅行費用のすべてを韓国政府が出してくれるとのこと、父は珍しく早口で言う。渡ってきた在日のほとんどが日本列島に近い朝鮮半島南部、今の韓国に故郷を持つ。玄界灘を渡ったその一世たちが鬼籍に入る時期となってきている。この事業に政治的な駆け引きやにおいを感じつつも、人として死ぬ前にもう一度故郷や肉親とも会いたい。四十五歳にもなり父の思いを分からないでもない。

「墓が無くても大丈夫やて。……行こ」

祖父母と母の墓は大手業者が大阪北部の山を切り開き、にわか造りのひな壇のようなマンモス墓団地の一角に作った。

父は本気らしい。だが、しかし、が付きまとう。うーん、と生煮えの返事をして受話器を置いた。一人息子の和樹《かずき》も茶碗を下ろし、箸を持ったまま耳を傾けている。

日本籍に切り替える「帰化」のことを随分前から考えている。直接のきっかけは子どもの将来を思った時だ。和樹が小学校三年の時、宮田玩具の「プチ四駆」が男の子の間で流行していた。長さ十五センチ、幅十センチほどの電池で動くおもちゃのレーシングカーだ。搭載モーターのレベルアップや高速回転のためのギヤー改良、安定スピード走行のためのタイヤの選定等、実際のカーレースさながらに創意工夫をし、最速をめざしスピードを競うのである。専用コースレーンでの全国大会もあり、東京の誰それが時速四十五キロメートルの記録を出したとか、子どもの間ではため息と共に熱く語られていた。和樹も夢中になりマシーンを改造し、車体には自分独自のペインティングを施し、頬ずりするほど大切にしていた。夜は小箱に入れ枕元に置いて寝る。ミヤタのプチ四駆は子どもたちの憧れでもあった。

「お父さん、僕な、大きくなったら絶対ミヤタで働くねん。速くてかっこええプチ四駆作るからな」

和樹は車からシャーシーを外し、高速走行するための改造のテクニックを正敏にもわかるように得意げに説明している。目を輝かせ、無心に語っている子どもを見て、ふと黒い影が胸をかすめた。

(ミヤタは朝鮮人を採用するだろうか)

このあどけない純粋無垢な希望をこの社会は許すだろうか。和樹が成人になるころまでにプチ四駆のことは忘れてしまっていると思うが、この先多くの「ミヤタ」と向き合わなければならないだろう。その時「ミヤタ」は迎え入れてくれるだろうか。その思いがくすぶり続けている。

来年の今頃、和樹は高校を卒業する。そのとき希望する企業に入れているだろうか。もちろん外国籍ということだけが不採用になる要因ではないことは分かっているが、自身の就職時の苦い経験がそれを拒んでいる。

正敏が高校三年のとき就職試験を受けた。外国籍者・朝鮮人は社会で生きていく中で大きなハンディがあるというのは、日雇いのような仕事しかなかった父の職歴、また成長し現実的に世間が見えてくるにつれて、それらの厄介さを認めざるを得なかった。その屈折した反作用として「俺だけは特別な朝鮮人として生きてやる」という悲壮感に似た思いで学校生活を送り、勉強も部活も頑張った。そして学校推薦を得て試験に臨んだ。その大手企業はこれまで、この高校からの推薦者を落としたことがなかったが、正敏だけには不採用通知がきた。もう一人の日本人の級友は当然のように合格していた。

正敏はこれまで就職以外にも陰に陽に何度か「ミヤタ」と出会い、それを避け、また誤魔化し生きていくための術《すべ》を身に付けたが、自身の心は騙すことはできず、情けなくみじめな思いを少なからず持った。数多くの「ミヤタ」と対峙する障害を取り除くことが子どもの将来の幸せに繋がっていくことだ、短絡的ではあるが、現実的でもあると考え続けていた。

しかし今まで「帰化」に踏み切れなかったのは、父の存在だ。その時の嘆く顔が浮かぶ。在日一世として社会の風圧を受けながらもかたくなに朝鮮人として生きてきた。小学校高学年だったころ、級友と学校帰りに道路工事現場で働いている父の姿を見つけた。スコップやツルハシを持ったその五、六人の集団は同じ集落に住む同胞たちで、アスファルトの黒い染みが作業服や顔にも付着していた。みなは恥じることなく大声で朝鮮語を喋り、屈託なく白い歯を見せ笑っている。正敏はとっさに「学校に忘れものをした」と級友に言い残し、逃げるように来た道を駆けた。

そのような親の姿を見てきた子としては、親を裏切る行為はしてはいけないこと、そんな厄介で「当然な倫理観」を持ってしまっている。半面、カビの生えた古い偏狭な感情は捨てて現実を見ろ、なんてことはない、符号としての「朝鮮」を「日本」に替えるだけではないか。牛が反芻《はんすう》するように何度もなんども噛み続けてきた問答だが、まだ飲み下すことはできない。しかし、もう決断する時が来ている。

次の日曜日午後、正敏は父の家に向かう。結婚した時から隣の市に住んでいて車で二十分ほどだ。「帰化」する話もしなければ。ミヤタ、ミヤタと頭で巡る。不意にクラクションが後ろから聞こえ、慌ててアクセルを踏み込み、青になっていた信号を渡る。

築三十年が過ぎた団地の壁面はひび割れが目立ち、ベランダの手すりのペンキなどがはげ落ち、寝たっきりの老犬のように横たわっている。三月の声を聞くが、まだ風は冷たく団地前に並ぶ桜の蕾は堅く閉じている。その横の小さな公園では子どもたちが歓声を上げながら走り回っていた。

玄関前にある来客用の駐車スペースに車を止め、郵便受けが壁に並ぶ玄関ホールを横切りエレベーターに乗り込む。正敏一人だ。奥面の下には高さ二十センチほどの赤い鳥居がマジックで描かれている。ガタガタと体に振動を伝えながらエレベーターはゆっくりと三階まで昇って行く。各階とも何もかも同じ作りなので入る前には必ず表札を確認する。三〇九号、呉相元、その下に括弧づけの西山勝一郎とある。

呼び鈴を押すとドアーの向こうからピンポーンと鳴っているのが聞こえる。ドアーを開け、「アボジ（父）、居るの？」と声をかけた。半畳程の薄暗い玄関土間、ゴムぞうりの向きがちぐはぐで片方はひっくり返っていて、四隅には埃がたまっている。床に上がると六畳のダイニングキッチン、その横がお手洗いと風呂場。奥に六畳と四畳半部屋が横並びにある。キッチンのテーブルには昼ご飯を食べた後の茶碗や皿、コップなどがそのままになっており、空になったビールの小瓶もある。テーブルの下には日本酒が半分ほど入った一升瓶が無造作に置かれている。母が元気な時にはこんなだらしない光景はなかった。

「こっち来て」

奥の六畳から呼んでいる。テレビから、甲高い作った笑い声が響いている。正敏は空の茶碗やコップ、箸などを流し台の中にそっと置き、空瓶はテーブル下のケースに仕舞った。余ったおかずはラップをかけ冷蔵庫に入れようとドアーを開けると、マーガリンの箱が転げ落ちてきた。中は子どものおもちゃ箱のように容器などが雑然と押し込まれ、キムチや沢庵などのいろんなにおいが籠っている。正敏は舌打ちをし、パズルを解くように隙間を作り皿を押し込んだ。

「これや」

父はやぐらこたつに足を入れたまま、用意していた案内用紙を天板に広げ、湯呑のお茶を飲んだ。右上はホッチキス止めしている。正敏はテレビの音を小さくして、こたつに足を突っ込み向い合せに座る。

「行くのは来月や。二泊三日」

父は正敏が行くものとして話をしている。

「通願寺という山寺の近くが生まれた家や。その寺にあったソダン（書堂）に通っとってな、飛び石の川を渡って行くんや。大雨が降ると石が沈んで行かれへん」

父のその話は何度となく聞いた。その後一家で日本に渡り、各地を転々として働いたこと。正敏の耳に残っているのは、広島安芸太田の王泊ダム、和歌山南紀の富田川の河川工事、兵庫加西市の鶉野飛行場、あと何か所かあったが忘れた。飯場で生活し、働き手として頭数《あたまかず》に入れられていた父は結局学校へは行けずじまいだった。日本に来てからの苦労話は酒が入ると呟きはじめる。正敏はまたかといつも生あくびで聞いていた。

正敏は黙って用紙を手に取った。紙端にこぼれたお茶が染みている。出発は四月五日。最寄りの飛行場までは往復実費で、その後一切が無料。韓国政府から一回限りの臨時パスポート発行。申し込みは二週間前まで最寄りの民団事務所まで。下半分には二泊三日間の時間ごとの細やかな日程が表になっている。ざっと斜め読みする。ページを捲ると申し込み申請書になっていた。

正敏が顔を上げるのを待っていたかのように、

「韓国の妹には行くと連絡をした。長男の正敏《チョンミン》を連れて行く言うてある」

ただ一人の父の兄妹《きょうだい》である叔母は写真でしか知らない。その叔母の夫にあたる人が父と同じ村の幼馴染の親友で、日本で一緒に仕事をし、その縁もあり叔母と日本で結婚した。戦後、叔母夫婦は韓国に帰り、今は柿農家を営んでいるという。

正敏が小学生の時、父は二十センチくらいの小さな柿の苗を三本送った。土団子のように丸めた根の部分を水で湿らし、そこから水が染み出てこないように団子部分だけをビニール袋で包み、そのつけ根を紐で何重も巻いていた。

「これ、見つかったら没収やし、一本でも生きとったら儲けもんや」

そんなことを言っていたのを覚えている。それをつぶれないように小箱に丁寧に納め、周りをお菓子屋の包装紙で包んだ。「柿の品種と栽培」とか「富有柿の栽培方法」などの本と一緒にダンボール箱に詰めて送った。

それから何年か後、初めて送ってきた家族写真には叔母夫婦を両端に、男の子と二人の女の子が口元をきゅっと結び緊張した眼差しで写っていた。この子らは自分のいとこなんだ。急に分身が現れた不思議な感覚だった。こちらの家族写真も送っていたから、向こうもそう思っているだろうか。その親友が亡くなったと知らせがあった時、父は行くことはできなかった。笑い話にもならない現実だ。地図で計算したら、韓国のその家まで約六〇〇キロ、大阪から東京の少し先までの距離。飛行時間だけなら一時間ちょっと。十一歳の時に日本に渡って以来、父は六十五年間故郷の地を踏むことはなかった。

肩が落ち、首をうな垂れ、目をしょぼつかせながらお茶を啜《すす》る父の姿をしげしげと見る。「帰化」の話は今日はやめておこう。

「……わかった。申請書に二人の名前書いて出しとくわ。民団事務所、市役所の後ろやったな」

ため息とともにえいっと言ってしまう。

正敏の仕事場は、五日もの休みが取れるだろうか。叔母たちへのお土産もいるだろう。いや、それよりも自分が韓国の地を歩く？　水中から首をもたげたようにいろんな現実が頭に飛び込む。落ち着け、一つひとつ解決していこう。

「正敏《まさとし》、行く時な、ネクタイして背広着て来いよ」


従業員が親方も含め五人の小さな電気工事店での五日間の休み願いは、直前まで迷いがあった。大阪郊外の大規模工場跡地にできた住宅群の配線工事納期が遅れ、孫請けとしては、助っ人も入れ、待ったなしの忙しい事情が分かっているだけに言い辛い。父の実家、九州のおじいさんの十三回忌でそれで弔い上げとするために、と言い切った。しかしこの時期連続休暇は痛い、と親方は最後まで渋ったが、正敏は根競べの無言を通した。

現場に向かう六人乗りの二トントラックの中でみんなに「悪い」と手を合わせた。

「ええお土産期待してまっせ。ところで西山さん、九州のどこですか。俺、熊本です」

前の若い者が首を捩じり聞いてきた。

けた。

「ばってん、長崎たい」

とっさに出した。わっと、笑いが転げる。正敏は横を向き高速道路の無機質な壁を見続

午前九時に大阪空港の国際線ロビーに集合だ。案内書によれば、そこへは近畿圏に住んでいる人が集まることになっている。父の団地までは正敏が運転し、パートを休んだ順淑に団地からの運転を頼んだ。団地に着くと父は玄関前廊下の手すりから顔を出し、手を上げこちらを見ている。

「荷物があるから上がってきてくれえ」

大きく声が聞こえ、正敏と順淑は三階に上がる。風呂敷包みが二つ、ダイニングキッチンに座っていた。

「お土産や」

何かと聞くと、下着とお菓子だという。背広姿で白いワイシャツに青いネクタイを締めている。右の襟がシャチの尻尾のように反り上がっているのを順淑は「アボジ、ちょっと」と言いながら直す。風呂敷包みは正敏のボストンバッグに無理に押し込んだ。

背広にネクタイ、正敏も冠婚葬祭以外に着ることはない。首を絞めつけられるような窮屈さで、順淑の運転で飛行場に行く間、カクンカクンと首を左右に振る。後ろをそっと見ると父は外を静かに眺めている。父との二人旅、想像したこともなかった。長い歳月を経て、父は生まれ故郷を訪れるのだ。改めて考えるとその重みが体にのしかかる。正敏は韓国語会話のポケットブックを見るとはなしに捲った。

集合場所のロビーに着く。墓参団の横断幕を広げた前には、二、三十人はいるだろうか、それを遠巻きにしながら他の乗客たちは何事かと見ている。

「ト、アッペ　モヨジュセヨ。あのー、もーちょっと、前に集まってください」

太極旗の小旗を振りかざしながら痩せぎすの背の高い人が声を抑え気味に言う。ロビーの隅に塊ができる。

「ヨロブン、あのー、すいません日本語で失礼します。今回関西地区引率団長をします李と言います。参加者の確認をしますので、みなさんパスポートを用意してください。緑の手帳です」

そう言うと、横にいた女性が集まった人の間を縫いながらバインダーで綴じられた参加名簿をチェックし、五センチほどの赤いリボンを配っている。

「おう、こっちや、こっち」

大きな野太い声がロビーに響く。みんなの視線がその男たちに一斉に注がれる。反り込みが効いたパンチパーマが肩を左右に揺すりやってくる。太った体に黒っぽい縦じまのダブルのスリーピース、青いシャツが見え、ネクタイは真っ赤だ。その後ろについて来る二人のあんちゃんも一見してその筋の者だとわかる。

男たちを見定めた瞬間、皆の視線はあらぬ方向を向き、騒めいていた会話もしぼんだように小さくなる。遠巻きの人たちは、見てはいけないものを見たように、そそくさとその場から立ち去る。正敏も下を向き過ぎ去るのを待つ。黒いエナメルの靴が正敏の横で止まった。ぴかぴか、パンチパーマに違いない。正敏は慌てて顔を上げると、細いつり目で眉が薄いパンチパーマがいた。

「韓国行くん、ここでええんか?」

どすの利いた声、なぜ自分に聞くのか、他にいるだろうにと思いながら、「そうですよ」、上擦った声が出た。

「オンマー（かあちゃん）、ここやで。よかった、間に合ったな」

パンチパーマの後ろから小柄なお婆さんが出てきた。背丈はその男の首までもない。低く見えるのは腰が「く」の字に曲がっているせいもある。真っ白なチマチョゴリ、絹のような上品な輝きがある。

「鉄男《てつお》、うちら来たこと、係の人に言うて受付せなあかん。二人はもうええやろ、帰ってもらい。みなさんにも迷惑やし」

パンチパーマは少し離れ、「舎弟」二人を首で呼び、頭を寄せ合って小声で何か話している。二人は直立で神妙な顔で頷いている。パンチパーマは二人の肩を「よっしゃ」と叩いた。バッグを置いた二人は礼をし、雑踏を肩で払うようにロビー奥に消えた。

「ここの責任者どこにおるんや？」

体を揺すりまた低音で聞いてきた。横の母親が「すんませんね」と小声で頭を下げる。

「あそこの背の高い人が引率責任者だそうで、参加者の確認が終わり、今係の人が目印のリボンを配っています」

正敏は指さしながら二人の顔を交互に見て答えた。

パンチパーマはバッグのポケットから袋を抜き出し、背の高い人の前に行きパスポート見せて話している。みんなの目もパンチパーマを追っていて、ええー、いっしょに行くのかよ、とそんな顔、正敏も同じような気分だ。

戻って来たパンチパーマは「おおい、ねえちゃん、こっちや」と店員に声をかけるように係の女性を呼ぶ。みんなの視線がまた一斉に動く。女性は早足でパンチパーマの所に行き、頭を下げてリボンを二つ渡した。

見ると、リボンをつけている人たちは父のような年恰好の人が多い。同じような事情を抱え、それぞれのやり繰りがあり、飛行機に乗り込むのだろう。

搭載手続きも終わった後、李団長の高く掲げた小旗を先頭にエスカレーターで出国手続きがある二階に向かう。正敏の家族は誰もが今までこの国から出たことはなかった。父も初めての海外旅行が里帰りになる。いや違う、厳密にいえば赤いリボンの人たちは長い「海外旅行」から家に戻る群れなのだ。

ぞろぞろとゲートの中に入ってゆく。正敏は深緑のパスポートを捲り、再入国許可の赤いスタンプをもう一度確かめた。

「アボジ、気をつけて行ってきてください」

ゲート寸前まで付いてきた順淑がよそ行きの声で深く頭を下げた。正敏は「じゃな、あと頼むで」と手を上げる。

手荷物を持った集団が大韓航空の飛行機内へ続く四角いじゃばらをぞろぞろと抜け、静かな振動音がする機内に入る。正敏は覚えた座席番号を頭でくりかえし、後ろの父を気遣いながら細い通路を進む。四人掛け窓側の二つが父と正敏の席で、父を窓側に座らせた。頭上の収納棚に手荷物を仕舞い周囲を見渡す。まだ通路を歩いている赤いリボンが見えるが、それぞれ席を見つけて収納棚の扉を上げている。赤いリボンの集団は一所に集まっているようだ。正敏はシートに深く腰を下ろし、ふーっと大きな息を吐いた。

横に圧力を感じ、首をひねるとスリーピースのパンチパーマが立っている。

「すまんのう、隣や」

そう言い、棚に荷物を押し込む。そして正敏の横にどっかと座り、通路側の席をポンポンと叩いて、母親を座らせた。正敏の席の肘置きにもう腕がはみ出ている。肘でやんわりと押し返した。

「おっ、悪いわりい」

素直にひっこめた。

離陸した飛行機は機首を上げたのだろう、体が後ろに傾き座席に押し込まれる。横の父を見ると歯を食いしばるような面持ちで神妙にしている。耳がキーンと痛い、どちらも飛行機は初めてだ。

やがて水平飛行になり、シートベルト着用サインのランプが消えた。父もシートベルトを外し、安堵のため息を漏らしている。何事もなければソウル・金浦空港まで二時間足らずで着くはずだ。

「あんさん、故郷、どこでんのん？　集まった人ら、ざっと見たけど、男で同い歳くらいの少なそうやし……仲良くしまひょ。ほれ、旅は道連、言いますやろ」

機内サービスの缶ビールを一口飲んで、パンチパーマが喋ってきた。正敏はトレイテーブルの上に置いたコーヒーをこぼれないようにぎこちなく混ぜていた。考えれば、同じ目的のために行動している仲間でもあり、たぶん迷惑な関係でもないはずだ。

「慶尚南道《キョンサンナンド》ですねん。父、いやアボジのふるさとに行きます。あんたは？」

「俺も同じ慶尚南道。釜山《プサン》やけど。やっぱし、同んなじようにアボジの故郷に行くんですわ。……俺、金山鉄男いいまんねん。鉄《てつ》ちゃんでんがな。あんさんは？……呉正敏《ごまさとし》、そしたら、正《まさ》やん、やな」

鉄ちゃんは二本目のビールを空けている。怖がる人ではなさそうだ。今は親が興した土建屋を継いでいるが、若い頃は親に反抗してそっちの世界で暮らしていたこともあったとか。父親が亡くなり、死亡届を韓国に出すときにはじめて本国の戸籍謄本を見た。長男の欄に違う名前があった。

「俺、長男やけど、『哲熙《てつひろ》』と難しい漢字が書いてあってな、『チョルヒ』というんやて。初めて知ったほんまの名前や」

鉄ちゃんは缶ビールを左手に持ち替え、座席前の狭い空間に右手でゆっくりとその名前の漢字をなぞっている。小指がない。今はカタギになり親が興した土建屋を継ぎ、出所者の社会復帰の支援もしているという。

「俺も五十近くなり、子どもも大きくなって、親のこととか、自分の根っこというか、そんなことが気になって、おふくろが歩けるうちに一遍は連れていかんなあかん思ってな」

残りのビールを鉄ちゃんはクーッと空けた。

横の父はシートを倒し目を瞑っているが寝てはいない。鉄ちゃんは通り過ぎたスチュワーデスを呼び止め、ビール二本を頼んだ。正敏もビールを飲みながら、この間の出来事をかいつまんで話したが、「帰化」のことは言わなかった。

韓国人とは親戚以外ほとんど話す機会がない。「異邦人」を意識せず、気兼ねなく話せる同世代で、ほろ酔いのせいもあるのか話が弾み、笑い声も大きくなる。鉄ちゃんの母親が正敏らの方を向きシイー、と人差し指を鼻の前に立てた。

一時間が過ぎたころ、韓国上空に入ったとアナウンスが流れ、正敏たち集団の席からは小さなどよめきが起こる。横の父はふうっと長い息を吐いた。そして窓に額をつけ下の方を見ている。窓の外は真っ白で、雲の中を飛行しているのか、何も見えない。それでも父は覗いていた。

突然機体がガクンと揺れ、ストンと垂直に落下した。エレベーターが急速に下降するように頭部に血液が押し上げられ、意識がスーッと消えそうになる。そこかしこで悲鳴が上がり、ウアアーという声が共鳴している。シートベルト着用の赤いランプが慌ただしく点滅し、前方に見える数名のスチュワーデスが壁に手をつき、よろめきながら立ち上がり何やら叫んでいる。正敏は急いで父の席のベルトを引っ張り、力任せに穴に差し込む。鉄ちゃんも反対側で母親に同じことをしているが、なぜか平気な顔をしている。

ドズンン、落下が押し戻されるように急激に止まり、ガクガクと細かく機体を振動させながら水平飛行に戻ったようだ。叫び声が栓を抜いたように引いてゆく。男性の韓国語機内アナウンスが流れる。ゆっくりと落ち着いた声だ。何を言っているか、と父の顔を見た。

「機長からや。乱気流の中に入ったため思わぬ事態になったけど、大丈夫や。ソウルに着くまでにこのような事態があるかも知れんが、適切な対応をするので安心してくれと」

父は鉄ちゃん親子にも届くように話した。

それに答えるように鉄ちゃんは、聞いた話だと前置きをした。ソウル・金浦周辺は乱気流が発生しやすく、このようなことが度々あるそうだ。だが韓国のパイロットは動じることなく沈着冷静に対処する。なぜなら、大韓航空パイロットたちは朝鮮戦争時の戦闘機パイロットが多いから、このくらいは「屁の河童や」と鉄ちゃんはへへと自慢げに笑った。

先ほどの垂直落下以外も、機体は揺れることはあったが、鉄ちゃんのウンチクが効いたのか、正敏はそれ以後、安心して座っていられた。暫くして、ソウルの天気と気温が知らされ、着陸態勢に入る。乗客は何かに耐えているかのようで重い沈黙が漂っている。父も目をきつく閉じ、唇を横に結んでいる。

正敏は父の顔向こうにある丸窓の外、韓国の大地を、食い入るように見た。板葺きの平屋や工場のカマボコ型の屋根、空港の金網フェンスの周りは草がなびいている。機体がどんと小さくバウンドした後、微振動を伝えながら飛行機は滑走し、やがてゆっくり走行して止まる。緊張が解けた乗客からは歓声が上がり、拍手も聞こえる。やっとたどり着いたのだ。

客たちは薄暗い機内の狭い通路をぞろぞろと歩む。その先、出口からの差し込む日差しがまぶしく感じられる。タラップに出た。ターミナルビルや飛行場施設が見える。この土地の空気を確かめるように深く息を吸い込み、ゆっくりと吐いた。タラップの階段を先に行く父の歩幅に合わせ一段いちだん降りる。地上に着き、そして列から少しずれ、しゃがんでそっと地面を撫でる。無機質なセメントだ。これが正敏を苦しめてきた大地なのか。

入国手続きもなく、特別ゲートからフリーパスだ。ターミナル玄関に待機していたバスに乗る。鉄ちゃん親子は前の方に座っていて、後ろを振り返り、正敏を確かめるように手を挙げている。前を向いた鉄ちゃんの後ろ頭は、大仏さんのつぶつぶ毛と同じだ。

ソウルのビル群を縫うようにバスは市内を走っている。最前列に座っていた李団長はマイク片手に立ち上がった。

「ご覧のとおり『八八《パルパル》オリンピック』以後も祖国は建設ラッシュです。これからもっとよくなりますよ、みなさん」

得意げに笑みを浮かべた。

一番いい所を見せて、「宣伝工作」だな、と正敏はねじれて考えている。確かに至る所でクレーンが動き、道路が掘り起こされ、車が慌ただしく行き交っている。高層ビルが立ち並ぶ下を走るバスから見える都市の光景は、東京や大阪と変わりはない。窓側の父は頭を上げ、ビルの頂上を見ようとしている。正敏が日本で出自を恨み、悶々としている間に「母国」はこんなにも発展していたのか。知らぬ間に取り残されていた自分に対しても素直になれない。市街の中心部を離れ、簡素な平屋住宅の狭い路地奥で遊ぶ子どもたちを目にしたときは、懐かしさと安らぎを覚えた。

やがてバスは、川幅一キロメートルはあろうかと思われる橋を渡り、小高い丘に建つホテルに到着した。バス中でもらったホテルの日本語版パンフレットには、地上十八階、地下四階で部屋数五三八室、カジノもあるという。朝鮮戦争の一時期、米軍の司令部が置かれたとも書いてあった。ここで、日本全国から集まってきた墓参団の人たちと合流するそうだ。駐車場にはすでにバスが十数台は停まっていた。

バスを降りた「関西班」は荷物を引きずり、ぞろぞろと大理石を敷き詰めた正面玄関を過ぎる。ピシッと隙のない制服に身を包んだドアマンが立っていて、機械仕掛けのように頭を下げている。広いロビーは、天井の高さが十メートルはゆうにあろうか、吹き抜けの開放感あふれる空間だ。奥正面のガラス張りの壁は山の斜面のように木々で覆われ、その一番高い所から滝をイメージしてガラス全面に水を落とし、ザーという水音と白い飛沫を上げている。会社の慰安旅行で行った有馬温泉のホテルしか知らない正敏はその煌《きら》びやかさになんだか落ち着かない。

　ロビー一角に集められ、李団長は手をメガホンにして日本語で喋る。

「このあと七時から十五階のパーティー会場で日本全国から集った参加者たちの交流会と食事をします。赤いリボンを必ず胸に付け、正装で来てください。韓国政府からの歓迎の挨拶があります。くれぐれも室内スリッパで来ないように。靴を履いてください。ええですか、ステテコとかガウン姿はだめですよ。それとドアは閉まると勝手に鍵がかかりますので、鍵を持って来るように。毎回何人かおるんやから、ほんま、たのんまっせ」

　眉間を寄せ、ははは と声だけ出した。

　ここに集まった人たちは高級ホテルとは縁もゆかりもない父のように、その日その日を喰うために精一杯生きてきた人たちで、死ぬまでにもう一度生まれ故郷を見たい、血族と会いたい、その一念で来ている。それがこんな「竜宮城」のような所に連れてこられた戸惑いは、正敏にすらある。

　肩を叩かれ、後ろを振り向く。

「正やん、晩飯食ったら、カジノ行けへんか？」

　鉄ちゃんがにやけた顔を近づけてきた。

「俺な、横浜で何回か行ったことあるねん。日本で見つかったら手後ろに回るけど、ここは政府公認や。大手を振って行ける、どや」

正敏は丁重に断る。

父が十代でふる里を出て、七十年ぶりに帰ってきた初日に「博打」をとは、正敏にはできない。鉄ちゃんは「そうか」と言って舌を鳴らした。

「鉄ちゃん、お茶くらいならつき合うで。あの滝壺の周りの赤じゅうたん、ラウンジになっているみたいで、ほらソファーでコーヒー飲んでいるやろ、そこに九時」

今度は正敏が「どう?」と尋ねる。

「そやな? ……わかった。九時十分になっても来なかったら、適当に帰って。その時はカジノで儲かっているときやからな」

鉄ちゃんは笑いながら上唇を舐めた。

あてがわれた八階の部屋からは、立ち並ぶビルに灯る明かりが見え、その下を数珠つながりに車の明かりが流れている。切り取ったソウルの夜景は、おそらく世界中の都市と変わらないだろう。二つのシングルベッドとユニット型のバス・トイレ。窓側に、小さなテーブルを真ん中にソファーが向かい合う形で置いてある。父は、はぎ取った上衣とネクタイをベッドに置き、ソファーに腰を落とし、たばこを深く吸い込みゆっくりとくゆらせた。

パーティー会場入り口付近は人でごった返していたが、中は広く比較的ゆったりとし、長テーブルと椅子が規則正しく並べられていた。ざっと二、三百人はいるだろうか。会場の奥正面は舞台のようになっていて、その上には韓国語と日本語の上下二段で書かれた横断幕が張られている。下段は「故郷訪問墓参団の皆さんを歓迎します」と書かれている。会場なかほどに李団長が立っていて、手招きをしている。その横の小さな立て看板には韓国語の横に「関西地区」と書かれていた。李団長が指さす列のテーブルに言われるままに父と向かい合って座る。見渡すと各テーブルでも地区の引率責任者がぞろぞろと来る人たちをテーブルに指示し着かせているようだ。女性陣はチマチョゴリ姿が多い。正敏も父もネクタイを締めている。

韓国語で会は進行する。話の内容は分からないが、終わると大きな拍手があった。韓国政府からの挨拶か？　と父に聞くとそうだと言い、乾杯の後、食事をしながらの芸能鑑賞になると父は小声で言った。舞台では鉦や太鼓のにぎやかしい音楽と踊りが繰り広げられていたが、華やかになるほど冷ややかな目で見ている自分がいる。「母国」じゃないか、もっと打ち解けて喜べ、そう命じるほどに気持ちが遠のいていく。

会が終わり部屋に戻って、父は疲れたといってステテコ姿でベッドに潜った。正敏はネクタイだけを抜き取り、一階ロビーに向かう。滝の前、ラウンジのソファーに座っていると若いウエイターがやってきた。ポケット会話帳で覚えた韓国語を使う。降りてくるエレベーターは一人だったので大声で練習をした。

「コッピッ　ジュセヨ」

会話帳「コーヒー注文」のコラム欄には「コーヒー」の発音は要注意とあった。それは「鼻血」の発音と似ていて、日本文字によるルビの発音ではカバーしきれないらしい。「鼻血」の「コ」は唇を突き出して発音するのに対して、「コーヒー」の「コ」は唇を突き出さずに「コ」と「カ」の中間のような音で「カ」の口で「コ」を発音すると近い、とコーヒーカップと鼻水のようなイラストがその説明文の下にあった。

正敏は息を吸い込み、練習通り唇を丸くして「カ」の口を作り「コ」を発音し、そのセンテンスをくり返した。

ウエイターはニンマリと笑い、

「コーヒー、てすね」

日本語でやわらかく答えた。

暫くすると、ウエイターは白いカップのコーヒーをソファー前のテーブルに置いた。料金をその場で払うシステムらしい。

「サーチョノン。……よんせん　ウォンてす」

四千ウォン、日本円で四百円弱、ちょっと高いがホテルだからそんなもんか。空港で円《えん》を交換し、膨らんだウォンの札束は二つに折り曲げてポケットにねじ込こんだ。少し金持ちの気分だった。束を取り出し、めくって四枚を渡す。

「おぎゃぐちゃま　よんまんウォンは　おおいてす」

ウエイターは三枚を返し、また六枚をくれた。札の違いがまだよく分からない。またポケットが膨らんだ。ここでは日本人と扱われている。

流れ落ちる滝を眺めながらコーヒーを一口飲む、日本と同じ味にホッとした。

大きな体が向かいにどかっと座った、鉄ちゃんだ。

「カジノ行ってないで。来て早々になんで博打に行くんや、いうてオモニ（母）に怒られたわ」

ウエイターが同じようにやってきて、「メッチュ」と鉄ちゃんは手慣れたように注文した。暫くすると腰のくびれたグラスに注がれたビールが運ばれてきた。札も間違わずに鉄ちゃんは払う。

「俺な、朝鮮学校行っとってん。アボジは朝鮮総連系商工会の会長しとって、その流れで気が付いたら朝鮮学校や。そやから朝鮮語少しは話せる、北朝鮮なまりやけどな」

正敏が「朝鮮籍」なのは政治信条や思想的にどうのこうのはない。朝鮮半島が二つに分かれる一九四八年まではみな当然に「朝鮮」だ。分断以後「韓国籍」に手続きをした人以外は、引き続き「朝鮮籍」のままだ。その中には信念として「朝鮮籍」を持ち続けた人もいるが、正敏の家族はいわば「積極的」に手続きをしなかった、そんな感じだ。しかし今は「積極的」に「日本籍」にしようと正敏は考えている。この旅の期間、二人でいる機会に話しておかなければと心を固めている。

鉄ちゃんはグラスを目の高さに持ち上げ、「無事に着いた、愛しき我が祖国に乾杯や」、ニッと笑いながらクーッとあおる。正敏もコーヒーカップを持ち上げた。「祖国」というには、正直小恥ずかしい、無理をし突っ張った感情だ。故国、母国、本国、自国、いや、どれも正敏にはしっくりこない。

「ところで正やん、一緒に来ている人アボジか？……そうか。俺とこは去年逝って、間際まで故郷見たい言うてな。オモニも持病抱えて長くないと思うから、最後の親孝行や思って決心したんや。ほんま、やんちゃして苦労かけたからなあ。アボジの骨、故郷に持っていきまんねん。日本にもアボジの墓あるんやけれど、故郷にも分骨できたらええなあ思ってな。従業員、日本人がほとんどやからチョーセンは出さんようにしている。裏ではひそひそと話していると思うけど……こんな話、誰ともせんけど、ここなら遠慮なく話せる」

飛行場に送りに来た二人は、この間のことを頼んだ身内という。あの場面はどう見てもやくざ映画のワンシーンにしか見えないで、と言って正敏は笑った。

「正やん、子どもおるんか?……高校生の男ひとりか。うちは男と女の二人、高校と中学や。そんでな、子どもの将来も考えて、帰化しようと思ってるんや」

正敏は鉄ちゃんの顔をまじまじと見た。

「俺ら、なんかええことあったか? 背中に記号しょってるだけで、中身は日本人やんけ。俺な、アボジの骨を先祖の墓に埋め、そこに報告して、この旅終わったら申請にするつもりや。ここ行く前にオモニに言ったら、わたしはこのままでええ、これで死ぬ、言うてたけど……子どもらは日本で生きていくんやし、俺らと同じ思いさせたくない。子どもの幸せ考えたら、それが本音や。間違っているか」

そう言い切って、鉄ちゃんはビールの残りを裏底を見せて呑んだ。

（ミヤタ、ミヤタ）とまた耳鳴りがした。

正敏も同年代の同胞と話す機会はほとんどなく、また「母国」に居るという意識がそうさせたのか、心にわだかまっていることを話したいと思った。

正敏も同じ考え、子どものためだ。「帰化」には犯罪歴の有無や資産、納税状況など煩雑な書類作成や手続き、個人面接などがあり、最終的には法務大臣裁量ということで決まるが、国籍を取得しても住民票には「新日本人」という記載もあるらしい。だが、それよりも心が痛いのは「厄介な倫理観」がしつこく正敏に憑《と》りついていることだ。しかしその葛藤で苦しむのが二世なら、自分は甘んじて受けよう。「喉元」を過ぎるのを我慢さえすれば、次の世代は「熱さ」を覚えていないだろう。そう考えるように何度も言い聞かせてきた。

「私もそう思っている。生まれ育ったところが故郷や。初めて祖先の土地に来たけど正直いって外国や。……この旅で鉄ちゃんみたいに区切りを付けたいと思ってる」

鉄ちゃん、前科はあるのか、という問いは辞めた。

明日は早いし疲れも出ているので、今日はこれまでと、どちらともなく頷いてソファーを立った。

部屋に戻り、シャワーを浴びてベッドにもぐりこんだ。隣の父も眠れないのか、明け方近くまで何回も寝返りを打っていた。

翌朝、十台ほどのバスは連なってホテルを出発する。鉄ちゃん親子は昨日と同じ前の方で、窮屈《きゅうくつ》そうに座り、母親と何か喋っているようだ。正敏は街の様子が見たいと父に頼んで窓側に座り、路地で遊ぶ子どもたちを探した。日本で暮らしてしまった自分と重なるところを確かめたいと思った。

バスは北上している。もらった予定表を見ていると、初めは南北の軍事境界線の統一展望台へ、そして青瓦台《チヨンワデ》・大統領官邸、朝鮮時代の王宮・景福宮《キヨンボックン》など密度の高いスケジュールが書いてある。

軍事境界線の統一展望台はソウルからはわずか五十五キロ、一時間ほどだから九時過ぎには到着だ。近づくにつれて鉄条網が設置され、火の見やぐらのような軍の偵察所の施設も見えた。前を走っているバスがハザードランプを点滅させ減速しだした。走っている高速道路にバリケードが設置されているらしい。正敏らのバスも順番に検問所横の道路上に停まる。鉄兜《かぶと》をかぶり自動小銃を肩に掛けた兵隊が近づき、運転手と窓越しに何か話している。緊張しているのは正敏だけではなく、バスの中は物音ひとつしない。運転手は書類を見せ、敬礼の真似事をした。兜つば下の顔は童顔だ。その兵隊は紙に目を通し、無表情でひと言、ふた言ことばを発し、敬礼をした。バスはゆっくりと動き出した。車窓から検問詰所内を首を移動させながら垣間見る。四、五人いたがみな青年だ。韓国の徴兵制度は原則十九歳から約二年間で、個人生活の「空白期間」が生じる。学業の中断や恋人と泣く泣くの別れとか、何かのテレビ番組で見たことがある。鉄兜をぬいだ人や笑って手を小さく振っている者もいる。ふう、と安堵に似た息が漏れた。

統一展望台は高台にあり、三階建で屋上からは三六〇度見渡せる。玄関前広場には地元の野菜などを露店で売っていて、緊張感が一気にほぐれた。そこから二キロほど先に北朝鮮の村、日本語版パンフレットには「宣伝村」とあったが、それが遠くに見える。ぶらぶらと歩いて三十分ほどで行けそうなのどかな田舎道で、その真ん中に川が流れている。そこが軍事境界線だろう。この赤いリボン集団は一応その対岸の国民の証「朝鮮籍」だが、その川を渡って行けない。父は屋上の大きな望遠鏡を子どものように覗き込み、お金が切れるたびに貯金箱のように投入していた。

再びソウル市内に戻る。大きな岩山をバックにした大統領官邸はバス内からの見学だけだった。景福宮はバスから降り、各バスごとの集団で見学をする。李団長の先導と案内で、その後をぞろぞろと付いてまわる。いつも一番後ろは、体《から》の大きい鉄ちゃんが屈むようにして小柄な母親の手を引いている。広大な王宮内の周りはビルが立ち並んでいる。石畳の中、四隅の瓦が反り上がったひときわ大きな建物の前で李団長は止まった。

「ここが王宮の中心『勤政殿』で、この南側に、ちょっと見えませんが正門の『光化門』があります。ちょうどその中間に、そこある『朝鮮総督府』を建てたのですね。建物中央にある塔までの高さは一八〇尺、約五十五メートルで、なかなか立派です。今、みなさんもご存知のようにこれを残すか、解体するか論議になっていますね」

みんなは上を向き、塔の先端を見ているようだ。正敏は塊から抜け、外壁の厚い花崗岩を手の平で叩き「これが始まりか」と胸にささやいた。

ソウルタワーや国会議事堂も回った。ゆっくりと見物する余裕もなく、主だったソウルの観光地は巡ったというアリバイ作りのような行程だ。高齢者の人たちはシートを倒しぐったりしている。急に前の鉄ちゃんが後ろを向き、弁当箱ほどのタッパーを手に掲げて大きな声を出す。

「みなさん、梅干し、どうですか。オモニからの差し入れです。疲れたときにはこれが一番、和歌山みなべ産、ブランド品でっせー」

へへと笑い、お道化るように鉄ちゃんはすぐ後ろの席にタッパーを渡す。みんなは初め、鉄ちゃんを遠巻きにしていたが、母親をいたわっている姿やひょうきんな性格に親近感を持っているようだ。もらった人は梅干しを口に放り込み、舌を鳴らし、また後ろに廻している。タッパーは「バケツリレー」のように全員に受け継がれていく。指を舐めている音がそこかしこでする。酸っぱさが心地よく、背筋が伸びたように体がすっきりとする。横の父も種を口に転がしていた。

予定表の日程が慌ただしく過ぎようとしている。ホテルに近づいたとき李団長はマイクを握り、笑みを浮かべながら言う。

「みなさん、スゴ　ハショスムニダ。お疲れ様でした。今日バタバタしましたが、ぜひまたソウルに来ていただいて、その時は心置きなくゆっくりと見物してください」

今回の特別臨時パスポートは一度きりだから、「韓国籍」に切り替えなければ次は来ることはできない。正敏は「朝鮮」「韓国」そして「日本」か、と呟きながら車窓から暮れ行くソウルの街をぼんやり眺めた。その夜は鉄ちゃんからの誘いもなく、早めに寝る。父も疲れているのかいびきが聞こえた。

次の日、地方別ごとに分散されたバスはそれぞれの「故郷」に向けて出発する。高速道路の入り口までは白バイ二台とパトカーが先導し、踏切で列車を停止させ、墓参団のバスを優先させたのには驚いた。

正敏らが乗ったバスは慶尚道方面で、今回集合したバスの半数ほど、五台を連ねてソウルから京釜高速道路を矢のように南下する。途中の大邱や慶州の大きなインターで一台、二台と抜け、残りの三台が終着の釜山に向かう。前の方に座っている鉄ちゃん親子も李団長も同じバスだ。バスが向かう釜山市の北隣の町、梁山《ヤンサン》、そこが父の生まれた所だ。

幼い頃、訳も分からずその住所を繰り返し父に教えられ、今もお経のように唱えることができる。

「キョンサンナンド　ヤンサングン　ハブンミョン　チョサンリ」

そこに行くのだ。バスは山間部を走っている。人家が少なくなり草木がまばらな幾つもの岩山が車窓を過ぎ、エンジンが唸り坂を登って行く。お経の最後「チョサンリ」とは「草山里」と漢字で書くことを物心ついて知った。その「草山」は丘のようなだらかな草原に違いない。そこにはいつもそよ風が吹き、草を優しく撫でている。そこで正敏の一族は暮らしてきた、疑いもなくそう思い込んでいる。この無骨な岩山を抜けると緑滴る草山が待っているに違いない。正敏はバス前方、運転席のフロントガラスを首を伸ばし見続けた。やがて下りになり道が開け平らな大地が見えてきた。

「梁山インターで降りる方は、オ　サンウォン（呉相元）さんと息子さんだけですね。もうすぐですよ」

李団長は立って正敏らを見て、首で軽く促がした。

「わからん、こんなとこやったかなあ……」

父は首を左右に向け風景を確かめながら独り言のように呟く。

一台だけインターを出て一般道路わきにバスは停まる。後に続いていた二台のバスはそのまま高速を直進して行った。エンジンは切らずにアイドリングをしている。肩にバッグを掛けた正敏と父だけが体を斜めにして、バス中央の狭い通路をゆっくり歩いて行く。両側の目が二人を追っている。

「正やん、お別れやな。まあ、いろいろあるけど頑張ろうや。……機会があったら、大阪で飲もか。ええ店知ってるで」

鉄ちゃんはニャッと笑い、手を差し出してきた。正敏は「そやな、お互いにな」と鉄ちゃんに負けずに強く握り返した。横で母親がやさしく笑っている。

鉄ちゃんが拍手をしだした。それに連鎖したのか拍手がパラパラと起こり、やがてバス中に拍手が沸き起こる。その拍手は正敏親子に対してと同時に、同じ境遇である自分に対しても送っているのだと正敏は思った。

拍手の渦のなか

「ありがとう、コマッスムニダ、ありがとう」

何度も繰り返しバスを降りた。

頭を上げると車窓の顔はみな正敏親子に向けられて、頭の上で拍手をしたり、手を振る人もいる。バス下横にある収納スペースから出されたボストンバッグを受け取り、また正敏は何度も頭を下げ、手を振る。なぜか熱いものがこみあげてきた。

二人だけを残し、バスは黒い煙を吐いて高速道路に入って行く。道路の端に体を寄せ、バスが見えなくなるまで父と手を振り続けた。

降ろされた道路は高速道路と並行している一車線道路で、アスファルトのところどころに穴ぼこが開いている。道路沿いには田んぼが広がり、レンゲが一面に咲いていて薄紫の絨毯《じゅうたん》のようだ。その所々に人家が見える。向こう奥には優しい眉のような稜線の山並みが重なり、いつか見た奈良盆地・大和三山のような田園風景だ。ピイピイと雲雀がゆっくりと旋回しながら空に向かって昇っていく。

韓国の叔母とは昨日電話で連絡を取り、インターを出たところで午後三時に待ち合わせをしていると父は言っていたが、行き交う車もなく、付近に駐車している車も見えない。もう三十分は過ぎている。道路沿い一〇〇メートルほど先には景色になじまない中世ヨーロッパ風のお城が見え、屋上にはペナントの旗のようなものが何本か揺れている。日本にもよくあるインター横のホテルだろう。父は疲れたのか道路の端に座り込んで、煙草をくゆらせていた。

そのホテルの向こうから土ぼこりをあげながら車がやってくる。「あれかな?」正敏は父を見ながら言う。父はよいしょっと声を出し、少しよろめきながら立ち上がり、吸っていた煙草を道路に投げ足でもみ消した。

ハザードランプを点滅させ小石を弾きながら車は二人の横に止まる。ドアーが開き、女性が慌てたように出てきた。

「アイゴ、兄さん。よぐぎてぐれはった」

叔母は車のドアーを力強く閉め、父の手を両手で握り、癖のある関西弁を喋った。父と叔母はちょくちょく手紙や電話で連絡を取り合っていたことは知っている。

「チャル　イソンナ？」

父も手を強く握り返し、大きく振りながら韓国語で応えている。

「うん、元気やで。兄さん、うぢ、日本語忘れでないよ。この子がチョンミンか？」

正敏は覚えてきた韓国語で、詰まりながら挨拶と自己紹介をし、頭を下げた。発音もイントネーションもなっていないだろうと思いながら。叔母は「韓国語うまいな、チャランネ」と言い正敏の手をさすり、肩を撫で体中をさすった。

記憶が蘇る。あれは子どものころ、まだ祖母が岡山の田舎で元気だったころだ。遊びに行くたびに「よく来たなあ」と体中を子犬のように撫でまわされたこと。

「ハンメ（ばあちゃん）やめてえなあ。日本人、誰もそんなことせえへんで、こそばいやん」

子どもの正敏は嫌でたまらず体をくねったが、その感触、触り方と同じだ。そういうことだったのか、と正敏は微笑み、成すがままにいた。

運転席から大柄の男が降りて来て、父に丁寧にお辞儀をし両手で父の手を包み込む。

「長男のサンチョルや。兄さんどごど同じ生まれで、今年でよんちゅうこ歳《ちゃい》」

父に紹介したあと、叔母は向き直し、正敏にも紹介した。いつか写真で見たのは小学生くらいだったが、上がり目の面影は残っている。盛り上がった肩から手をだすように握手をしてきた。力強かったが正敏も堅く握り返した。なぜか可笑しみがこみあげてきた。向こうもはにかむように笑っている。身内だというくすぐったいような感覚だ。

正敏は助手席、父と叔母は後ろに座った。叔母が父に韓国語でしきりに話している。

「まさとし、明日、わしが暮らしたとこ行くって。今からは叔母の家に行くで。ちょっと離れた海よりの町や」

後ろから声がかかった。正敏はこっくりとうなずく。車の前面に座るとバスの時にはあまり気にはならなかったが、日本と反対の左ハンドル右走行車線は緊張する。特に一車線で対向車が来た時は思わず身構え、一人右足を突っ張りブレーキを踏んでいた。後ろではしきりと話が続いている。父があんなに韓国語を喋っているのを聞くのは初めてだ。声が弾んでいる。後ろを見ると叔母が外を指さし何かを説明しているようで父はしきりに頷いている。

車はなだらかな山あいを抜け、静かな水面をめぐる道を走る。増殖しているアメーバの先端のようなくねくねした道だ。さざ波が道路をゆるりと濡らし、タイヤが水を跳ねそうな水平さだ。

「イジェ　パダヨ」運転しながらいとこのサンチョルが首をひねり正敏に言う。正敏は後ろの父を見て通訳を待つ。

「もう、海やて」

父は車窓の外を眺めている。森に囲まれた湖のような静けさだ。窓を開けると前髪を揺らす風とともに潮の匂いが入ってくる。

小一時間ほど走ったろうか、少し内陸部に入ったようで、車からはもう海は見えない。叔母の家に着いた、と父は叔母の言葉を訳した。叔母の家の後ろにはなだらかな裏山があり、周りは人家が田畑の中に点在している。正敏たちの家に比べれば立派な一戸建てで、レンガ造りの頑丈そうな正方形の二階家だ。屋上があり、庭も広い。叔母は長男夫婦と孫二人でここに住み、娘二人・女のいとこは近くの町で家庭を持っているという。

到着した車を待ち兼ねたように中学生くらいの女の子が二人とサンチョルの奥さんが寄ってくる。犬もそばで尻尾を振っている。父が降りると三人そろって何か喋りながらお辞儀をした後、正敏にもする。正敏は照れながら「どうも、こんにちは」あっ、慌てて「アンニョン　ハシムニカ」とはにかみながら言う。二人の女の子は顔を見合わせころころと笑った。正敏の肩からと父の手からカバンを争うように取り、持ってくれる。サンチョルはトランクからボストンバッグを持ち上げ家に向かう。叔母は「とうぢょ」と手を玄関に向け正敏に微笑んだ。

木製の分厚い玄関ドアーは先に戻った子ども・姪たちが開けて待っている。広い玄関ホールは二階に吹き抜けとなっていて、思わず見上げた天井にはローソク型の電球を丸く並べたシャンデリアが浮いている。ホールからまっすぐ廊下があり、その右側には八畳ほどの部屋が二つ並んでいる。その奥の部屋に父を先頭に案内され、分厚い座布団に二人胡坐をかく。正敏は広さを父の団地や正敏のアパートと比べていた。

周りを見ると壁側の段違いの棚には高麗青磁の壺やチマチョゴリの人形、家族写真立てなどが品よく並んでいる。堅いセメント床は茶色の油紙を隙間なく貼ってあり、小さい時から話に聞いていたオンドル部屋に違いない。手のひらを押し付けると微かに温かい。部屋の蛍光灯が灯もされると、外はもう夕暮れだ。奥さんと子どもたちは料理でも作っているのか、廊下左横の部屋からキャッキャッと弾ける笑い声と、肉の焼ける匂いが漂ってきた。

サンチョルが柱時計を見ながら叔母に話しかけている。針は六時を少し回っていた。叔母が父に二言三言声を掛けた。「下の娘、お前の二人のいとこがもうじき来るそうや」父はそう言いながら、煙草の箱を取り出す。サンチョルが慌てて灰皿を持ってきて両手で父に差し出した。父は煙を鼻からゆっくりと出した。

窓にライトが走りブレーキの音がし、やがてエンジン音が止まる。直ぐそのあと、もう一台が到着したようだ。車のドアーを閉めるドフォ、ドフォと鈍い音が連続で聞こえる。玄関から賑やかしい声が聞こえ、ぞろぞろと廊下を歩いてくる音がする。叔母の二人の娘の家族がやってきたのだ。夫とそれぞれの子どもたち、部屋は人でいっぱいになった。

座っているのは正敏と父、叔母の三人だけで後はみな立っている。叔母がひとこと声をあげると小さく移動が始まり、それぞれの家族ごとにかたまっているようだ。二人の娘たちはどちらも二人ずつ小学生と中学生くらいの子どもがいる。いとこの全家族がそろった勘定だ。ざっと十名はいる。子どもたちは遠慮するように突っつきあい、ふふっと小さい笑い声を上げている。

叔母が、「うんっ」と咳払いのような声を発した。瞬間、子どもたちの声が止まり背筋が伸び、正面の正敏と父に顔が向いた。叔母は各家族の紹介をしてくれた。長女は叔母似で背が低く小太り、下がり眉の優しい顔だちだ。旦那は釜山にある大学の事務職員で、やせ気味で黒縁の眼鏡を掛けている。次女は兄のサンチョルと同じく大柄で、女性としてはかなり背が高い。目鼻立ちがくっきりとして、もう少しきゃしゃな体つきなら、宝塚歌劇の男役で人気者になったかも知れない。旦那は韓国電力公社に努めていて、今日は夜勤だそうだ。子どもたちはやはり小学校と中学生だった。

「兄さん、クンチョル　パダ　チュセヨ」

そう言いながら、叔母はゆっくりと立ち上がる。正敏は横の父の顔を覗いた。

「『大礼』を受けてくれと。昔、見たことがあるが……」

「大礼？」

子どもたちのはしゃぐ声もぴたっと止んだ。男性たちはそっと後ろに下がり、女性たちが前に横二列に並ぶ。向かって右側から叔母、長男の嫁、長女、次女その後ろの列に女の子どもたちと、昔からそうであるように整然と無言で並び微動だもしない。叔母のあの咳払いのような声が落ちた。

女性たちはゆっくりと膝を曲げると同時に両手の甲を額に付けたまま、左、右の順に膝を折り床につける。そして深々とぬかずいた。七、八名の背中が波のように連なっている。その後ろ、廊下側にはみ出た男性たちは神妙な面持ちで直立している。くすぐったい荘厳な雰囲気で、なんだか天上の人のような気分だ。首をカクンとし、ネクタイを真っすぐに強く絞りなおした。

叔母のあの「うんっ」の声で女性たちは同時にゆっくりと頭を上げ、男性たちもふっと肩を下ろす。心地よい緊張がほぐれる。女性たちは立ち、廊下向こうの台所に向かう。

やがて料理の器が所狭しと乗った直径一メートル程の丸い食卓がゆっくりと運ばれてきた。そのあと女性陣と子どもたちが一緒に食べる食卓も運ばれてくる。男四人と叔母が同じお膳に、もう一つのお膳は狭くてにぎやかだ。

正敏たちのお膳ではもっぱら父と叔母だけが喋っている。二人の会話でヒロシマ、ワカヤマ、ヒョウゴなどの日本語が出ている。日本で暮らした時のことを話しているのだろう。隣のサンチョルとはいとこ同士の話をしたいのだが、話が進まない。キムチは日本よりも辛くないとか、気候は日本と同じだなど、初めは会話帳を見ながら身振りも交えて話したが、受け答えが続く込み入った会話が成り立たず、疲れる。笑顔で酒を飲みかわすしかない。向こうもそんな思いだろう。サンチョルは横にいる長女の旦那との会話が多くなっている。

酒が更にそうさせているのか父は饒舌に韓国語の会話を楽しんでいるようだ。母が亡くなった後、いっそう無口になり、笑顔も見ることはなかったが、久しぶりの顔だ。黙って一人いるように見えたのか、叔母が声を掛けてきた。

「いもど、結婚したか。よぐ　くらしでるか」

正敏には妹が一人いる。日本人と恋愛結婚した。市会議員をしているその相手の父親は、「帰化」することが結婚承諾の条件だと言った。父はもともとが反対だった。恋愛は二人の出来事だが、結婚は家族の出来事だと。母と正敏だけが結婚式に出席した。母が亡くなってからは、妹は実家から足が遠のいた。子どもたちには自分の出自を伝えていない、と母の葬儀の時に妹はそっと言った。それは親戚付き合いを控えたいということを暗に伝えたのだと後で分かった。妹の話は父の前では一切しなくなっている。

父は飲むのを止め、コップを持ったまま正敏を見た。

「ああ、はい、結婚して、子どもも大きくなり、よく暮らしています。叔母さんにいつまでもお元気で、と言っていましたよ」

その言葉を聞き、父はコップをぐっと空けた。

女性たちのお膳では、子どもたちはもう食べ終えたのか、テレビゲームをしているようで時々歓声が上がる。お膳では女性三人が大声で笑いながらしきりに話している。こちらのテーブルは酒の量が多くなり、サンチョルと長女の旦那が何の話かよく分からないが、熱く語り合っている。部屋全体が何か居心地のよい安らぎに満ちた「騒音」に包まれている。このような心地よい音は正敏の家族ではあったろうか。正敏は両手を頭の後ろにゆっくりと組み背筋を伸ばし、もう一度部屋全体を眺めた。

サンチョルが正敏の肩を叩く。横を向くと立ち上がり、正敏にも立つように手の平を上げ促した。床に手をつけながら、よろっと立ち上がる。みんなの目が二人に集中している。座っている肩の間をふらつきを意識しながらすり抜けていく。サンチョルの奥さんが声を掛ける。サンチョルは一言ふたこと言い、そのまま廊下に出る。正敏も後に続いた。

「かぎ　かぎ」

そう言い、サンチョルは玄関の向こうを指さした。外に出る、ということなのか。玄関にはたくさんの履物が並んでいて、正敏の靴を見つけるのに手間取ったが、引っ掛けながら続いて外に出る。ひんやりした空気がほろ酔いには心地よい。月が霞んであたりはほの明るい。

家の裏の方に連れて行かれた。サンチョルが立ち止まり、木の幹を叩いている。太さは一升瓶くらい、高さが二、三メートルほどで葉はまだついておらず、枝が身勝手に張っている。柿の木だ。サンチョルは腕を上げて、裏山を指し示した。

なだらかな斜面が朧月《おぼろつき》に照らされている。目が暗さに慣れてくると、並んだ背の低い木々がうっすらと見えてきた。山一面、柿の木でおおわれているようだ。サンチョルは山に向かい両手を広げ、正敏の顔を見て微笑む。正敏はサンチョルの手を摑み、同じように山に向かって両手を思いきりっ突き上げた。叔母夫婦が日本から戻っても、植民地のしこりを残したままに貧しい国。その中で一本いっぽん植えていったに違いない。会話にはならないが、サンチョルの言いたいことは正敏にはわかった。

翌朝、父の生家を訪れる前に、叔母とサンチョルの案内で父と一緒に裏の柿山に連れて行かれる。なだらかな斜面には規則正しく、三メートルほどの高さに切りそろえた柿の木が山の頂上に続いているのがはっきり見える。降り注ぐ春の陽射しのなか、木々には早春の緑が萌えはじめていた。サンチョルの父・叔父のお墓と、もうひとつ叔母がどうしても見せたいものがあるという。

暫く登った山の中腹に踊り場のような開けた見晴らしのよい場所がある。そこに直径二メートルほどの土饅頭《どまんじゅう》が座っている。叔父のお墓だ。写真で見た大柄でいかつい顔の記憶しかない。

「アイゴー、お前こんなんなってしまったんかあ。日本で一緒に働いて、苦労したなあー。そやけどこの柿山見てみぃ、アイゴー、よう頑張ったな」

父は草の芽が吹き出ている土饅頭を叩いた。父と二人並んで両手を胸元に合わせ頭を垂れる。正敏が頭を上げても父はまだ下げていた。その土饅頭の横にひときわ大きな柿の木がある。高さを揃えた他の木とは違い、その二、三倍ほどの高さで幹も太い。

「兄さんが　おぐって、くれだ木や」

最初はこの木を元に挿し木や接ぎ木を繰り返し、増やして育てていったという。四十年以上前に隠して送った小さな苗木が生き続け、今は一抱えもある大木に育ったのだ。父は縦皺で堅く覆われた原木を見上げ、幹を何度も撫でる。

「いづも、ありがだい、おもどっだよ」

叔母も父と並び木を撫でる。遠く春かすみのなか、海の光が見えた。

昨日通ってきた静かな入り江をくねくねと車は走る。干潮時なのか潮は引き広く狭く干潟が現れ、違った風景が車窓を過ぎて行く。昨日バスから下ろされたインターの手前を左に折れた。一車線の道がどこまでも続く田んぼの先にある小山に向かっている。道沿いにまばらにある民家を過ぎ、しばらく走り続け車は道路のわき道に入って行った。車一台がやっと通れるくらいの幅で舗装されてない地道の両側は藪が続く。所どころ窪地になっていてスピードを緩めても車体はぐらんと傾いた。やがて藪が開けてきて、民家が数件並んでいるのが見え、道も心持広くなった感じがする。道路際の空地に車は止まった。

「兄さんこごやで。うぢも久しぶりや」

草山もそよ風もないところだ。

「えー、ここ?……大きな川が近くにあって、通願寺の屋根も見えたけど……」

父は車を降り、あたりを見渡しながら口ごもる。

「ほら、あの家のあだりが、うぢらの家やっだとこや。川は裏にある」

叔母が差した指先に、モルタル壁の平屋の家が見えたが、古くはない。その向こうに水の流れが光っている。先を行く叔母とサンチョルの後を父はあたりを確かめるようにゆっくりとついて行く。

「アボジ、お寺の屋根って、あれ違うの」

正敏は川向こうを指さした。山の中腹に隅が反りかえった黒瓦の屋根が小さく見える。

「あんな遠かったかなあ。……川もこんな小さかったかなあー」

父は目をしょぼつかせながら小首をかしげている。

先に行ったサンチョルが叔母が示した家から出てきて、叔母と話をしている。

「兄さん、今住んでる人に事情話して、家見でもええか聞いだんや。そしだらな、今の家建でる前は、空き地で何もながっだんやけど、井戸だけがあって、それは昔のまんまで、今は畑にだけに使っているのやて。裏庭は勝手に入って、だいちょうぶや」

住んでいる中年の女性が、玄関先でにっこりしながら会釈をした。四人も頭を下げ、玄関横を抜け裏に回る。川に沿った二十メートル四方の空き地があり、三畝の小さな畑を造っていて、菜の花が泡のような蕾をつけている。井戸はその脇にあった。直径が一メートル程でその周りを高さ一メートルの木枠が囲み、ブリキ蓋の上には石が置かれている。父は歩み寄り、そこを起点として記憶をたどり寄せているようだ。父が正敏を呼ぶ。

「ここに十歳ちょっとまで住んどった。……近所には家が何軒かあってな、そこの川に沿って松が何本かあって、ほれ、あそこに見える一本だけが残ってる」

高さ二十メートルほど、一抱え以上はある幹は不機嫌のようにくねり、尖った葉先が風に揺れているのが見えた。

「この井戸、もっと大きかったのになあ……ここな、いたずらで人の頭ぐらいの石投げ込んだことあったんや、そしらたな、生きていく水や、粗末にすんな言うて、普段あまり喋らんアボジからものすごく怒られてな、それ覚えてる。……それから、すぐ日本に渡って行った。……ドッポン、という音きくたびにその時のこと思い出すねん」

父は上に乗っている石を両手で下に置き、蓋をそっと開け、顔を近づけ井戸の中を覗く。

「おおーい」

と父は叫ぶ。暗い底から
「おおーい」

と返事が返って来た。

父はじっと目を凝らし、何かを探すように底を見つめている。正敏も一緒に覗いた。暗い奥底に陽射しがわずかに届き、その鏡の中に頭を寄せた二人の顔がこちらを見ていた。やがて父はゆっくりと蓋を閉めた。そしてふらふらと川岸に向かった。そこで暫く佇んでいたが、後ろを振り返ってまた正敏を呼んだ。川幅は二十メートルくらい、歪なボーリング玉くらいの石が疎らにあり、川底は小さな石が敷き詰められているようで、その上を透き通った水がきらきらと流れている。

「この川渡ったあの辺にうちの畑があってな。それからな……」

指をさしながら話を始める。記憶が戻ってきたのか、憑かれたように思い出話は尽きない。口角の周りに白い泡が付いている。無口な父がこんなに熱心に正敏に喋るのはあまり記憶にない。正敏はしゃがんで冷たい流れに手を浸し、黙って父の話を聞いた。

「兄さん、ぽちぽち、いぎまじょか」叔母が父にいとまを促す。「そうか」と言いながら川向こう、お寺の山を見る。歩きながらも父は何度も後ろを振り返る。正敏は井戸横にころがっていたマッチ箱ほどの小石を拾い、ポケットにしまう。家が見えなくなるまで父は車から後ろを見ていた。

車は来た地道を更に進む。暫く行くとアスファルトの幹線道路に出て、井戸端から屋根が見えたお寺に向かうらしい。そこは何度も聞かされたところだ。父が十歳まで通い勉強した「書堂《ソダン》」があり、遊び場でもあった。「この寺はなあ」と父は後ろから説明をする。千年以上前からある名刹で、本堂の仏壇には仏像がなく、そこに大きな窓が開いていると。「なんでやいうたら、外に仏舎利《ぶっしゃり》を埋めた墓があるねん。その窓から拝むんや。仏舎利わかるか、ほんまもんの仏さんの骨や」

山裾の山門を見ながら語る父の声は自慢げに聞こえた。

すぐに到着し、山門横の駐車場に車を止める。すでに多くの乗用車や何台もの観光バスが停まっている。山門は直径一メートルはある円柱十二本で支えられた構造で、反り返った黒瓦屋根の頂上までの高さはゆうにビルの四階ほどはある。見上げてよく見ると対の鬼瓦は龍の頭だ。その軒下までは寄せ木細工を何段も積み重ね、色付けが鮮やかな青、赤、黄、白、黒とカラフルで華麗な文様は壮観だ。

山門前は二車線のロータリーとなっていて、公共バスが旋回していた。山門周辺には観光客相手の店が並んで賑わっている。サンチョルは小走りでバス停横の食堂まで行き、こちらを向いて手招きをする。食堂はテーブルが六つあるこぢんまりした店で、赤いパイプ椅子を引いて四人掛けた。叔母が言うには、地元の山菜ナムルのピビンパが名物だそうで、みなそれを頼んだ。運ばれてきた白磁の大きな器にはワラビやゼンマイなど五色の野菜が、下の白ご飯が見えないくらい乗っていて、初めて見るキノコもあった。父は懐かしいと言いながら、赤いコチュジャンをステンの匙いっぱいに掬い、かちゃかちゃと混ぜ合わせ、脇目も振らずうまそうに食べている。

叔母はきれいに食べた父の了解を確かめ、もう一杯頼んでくれた。父は、お代わりとして持ってきた容器を傾け、「食べろ」と匙を滑らせ正敏の器に半分以上を移す。上に乗っていた山菜が転げ一つところに集まった。

腹ごしらえを終え、観光客が行き交う山門を抜けると、川幅十メートルほどの清流があり、先ほどの父の実家の裏手にあった川の上流だという。昔、飛び石を渡って通って行ったというその川には立派なアーチ状の石橋が架かっている。

「大雨が降ったら川は渡れず書堂《ソダン》は休みやった」

父は橋の真ん中、アーチの頂上に立ち辺りを見回していた。

なだらかな山全体が境内のようで、芽を吹きはじめた木々の間から遠目にお堂や庫裡《くり》などが、いたるところ見える。国宝や重要文化財に指定されている建築物や文化財が多数あり、韓国三大名刹の一つであると、山門横の案内所でもらった日本語版パンフレットに書いてあった。ちょうど比叡山延暦寺のように山全体が一つの寺院のようだ。

黄色の腕章をまいた人が「○○観光」と書いた小旗を持ち、その後を三、四十名ほどの観光客が続いている。そんなグループと何度か出会い、その他の観光客も多い。

父は学んだ書堂の庫裡が懐かしいと、道を確かめるように一人先を急いでいる。正敏は父の後に続き道を曲がる。細い道の奥に反った屋根の平屋が見え、その玄関前の苔むした石畳に父が立っていた。間口の広い玄関では作務衣《さむえ》を着た若い女性が二人、一人は金髪ポニーテールの白人女性で、玄関先をほうきで掃いている。遅れてきた叔母が、長男から聞いたと言い、ここは今は観光の僧侶体験の宿坊になっていると告げた。父は奥をのぞくような仕草をしたが踵《きびす》を返し、黙って元来た道を戻って行った。

「変わっていないのは、本堂から額縁の絵のように見える円錐の仏舎利塔だけや」

父はぽつりと呟いた。

他に見たいものはあるのかという叔母に、父は首を横にゆっくりと振り
「イジェ　チョア……もうええ、帰ろう」

下を向いたまま父は道を戻った。

夜は叔母とサンチョルの家族だけで過ごした。夕食は終わったが、お膳はそのままで父は一仕事を終えたように満足げに酒を飲んでいる。叔母と正敏はお茶を啜っているが、サンチョルは父の相手をしながら杯を傾けている。サンチョルとはこの二日間、単語と身振り手振りだけの会話だが打ち解けた関係となった。家族で日本に行きたい、喜んで案内するよ、そのような話まで通じるようになった。日本では思うことの少なかった親族の情を感じ、来ればそれに報いようと思った。

床が昨日と同じ二つ並んで敷かれた。今晩は冷えそうなのでオンドルの温度を少し高めにした、と叔母は廊下から戸を閉める。父は「むうー」と首をゆっくり回し横になった。薄暗い常夜灯だけを残し正敏も横になる。みなそれぞれの部屋で寝ているのだろう、聞こえるのはチッチッという時計の音だけだ。

「帰化」の話を帰るまでにはするつもりでいたが、いざとなると切り出しにくく先送りになっている。よし、今夜が最後だ。

「まさとし……下着のお土産、いらんかったなあ。お菓子もいっぱいあるし。みんなええ暮らしや。……和樹もいつかここ連れて来たれよ……」

暫くしてそっと横を見ると父は目を閉じている。

「僕な、大きくなったら絶対ミヤタで働くねん」

屈託のない無邪気な和樹の笑顔。

「ばってん、長崎たい」

笑いが起こる車内。

無表情な高速道路の壁。

これからも生きていくのは自分であり、子どもであり、そして子孫たちだ。感情の揺らぎなんて一過性のものだ。なんのためらいがいるものか。書類・紙きれだけ差し出せばよいだけではないか。「ミヤタ」も恐れることはないし、笑い者を演じなくてもよい。

「アボジ……。もう寝てるの？　ちょっと話が……」

「アボジぃ…………」

「…………………………………………」

（おおーい）

声が聞こえた。

連れてきたのはこの声を聞かせるためか。……眠れそうにもない。


翌日は昨晩の冷え込みが嘘のようにぽかぽかとした陽気だ。庭のレンギョウが二つ三つ黄色い芽を吹いている。裏の柿山は全体がうす黄緑の靄《もや》がかかっているように見える。

釜山・金海空港から大阪空港へのチケットは来る前から手配済みだ。学校へ行く子どもたちを除き、一昨日の夜に集まった人たちが玄関先に待っている。下の娘の旦那も来てくれた。どちらの旦那も午前中休みをもらっている、と叔母は言っていた。

「おみやけ、みんな、がら」

サンチョルが代表して持ち手がある麻で出来た大きなバッグを正敏にくれた。ぱんぱんに膨らんだバッグの隙間から韓国海苔のパッケージの束が見える。それぞれの夫婦が父に深く頭を下げ、お別れを述べている。正敏には握手をする。正敏も一人ひとりに笑顔で強く握り返した。

「日本にぜひ遊びに来てください」正敏の日本語を叔母がみんなに伝える。上の娘が正敏に何か喋っている。

「今度は家族みんなで来てちょうだいやて。新し親戚ができてうれしいと」父が正敏の方を見て伝える。正敏はみんなに向かって「コマッスムニダ、ありがとう」を何度も繰り返した。

四人を乗せた車が家を出る。五人が横並びになり両手を大きく振る。正敏は助手席の窓を全開し、首を出し手を振り続ける。父も振っている。心地よい柔らかな風が頬を撫でる。裏山のなだらかな稜線が見え、家が小さくなってもひらひらと手を振っている気配が伺えた。

車は入江の道を過ぎ、一昨日降りたインターから釜山市を過ぎ金海空港に向かっている。心地よい振動とエンジン音が響く。職場へのお土産は韓国海苔に決めた。

やがて車は飛行場に到着した。まだ時間があったので家族のお土産を買うために空港内のショッピングセンターに立ち寄る。空港内通路の先に、両手に大きなお土産用の手提げ袋を持った太っちょパンチパーマ、がに股のうしろ姿、横に背の低いお婆さん、今店を出たばかりのようだ。

「鉄ちゃーん？　……やっぱりや」

後ろを振り向いた鉄ちゃんは「おう」と右手の手提げ袋を少し上げる。チャックがしまりきらず包装された箱がのぞいている。縦じまダブルのスリーピースは同じで、今日は黒いシャツに純白のネクタイ、肩を揺すりやってくる。横の叔母とサンチョルは「何者？」というような顔で正敏を見る。

「友だち……えーとっ、チング、チング」

正敏は焦り気味で言う。

鉄ちゃんは反り込みのある顔をちょこんと下げる。父は叔母ら二人を連れて店に入って行った。鉄ちゃんの母親は、通路にあったベンチに腰を掛けている。行き交う人を避けるために正敏と鉄ちゃんは通路の端に寄り、鉄ちゃんは両手の手提げ袋を倒れないようにそっと下に置いた。

「正やん、昼飯でもどうやと言いたいけど、午前最後の便で大阪に帰るねんや。……そっちはどうやった。うちは知らん親戚もようけ集まって、みんな仲がええねん、それだけでも疲れたで。父親が生きている間に、なんでもっと早く来なかったんや、いうてみんなから怒られたけど、こっちにも事情あるわな」

そう言って腕時計を見ている。こちらも身内同士仲がよく、自分たちにも良くしてくれた、と正敏は相槌をうつ。

「墓、行ってきてな、いちおう祖先には帰化すること報告してきたで。日本人になっても俺は変わらへんから、また来ます、いうてな……そやけど、オモニを天国に見送ってからにしようと思とる。今までさんざん迷惑かけ泣かしてきて、せめて逝くまで寂しい思いさせたないからな……それからや」

鉄ちゃんの言葉に正敏は黙って頷き、

「あれからいろいろ考えてな、自分は帰化しない、いや、この旅で出来ないと思った。ここ、この大地と深くつながっていると感じたんや。それはたぶん大事なことやと思う。子どもや後に続く子孫たちは、自分の甲斐性《かいしょう》で考え決めたらええ。……どちらも尊重するしかない」

噛みしめるように正敏は言った。

「そうやな、自分の人生やから、自分で決めるしかないわ。……おっ、もう行かなあかん。よっしゃ社長の名刺渡しとくわ」

鉄ちゃんは大きな財布から名刺をつまみ出し
「連絡くれや、これからもチングで仲ようにな」

はははと豪快に笑った。そして荷物を両手に抱え、座っていた母親を促して歩いて行く。母親の歩幅に合わせて、ちぐはぐな肩が通路奥に消えるまで見続けた。

正敏たちは午後からの便だ。正敏は会話帳で探した言葉を朝から声に出さずに何度も繰り返している。

搭乗手続きが終わりゲート前でサンチョルと叔母に向かって最後の挨拶をする。

「カ……カジョグ　カッチ　パンズシ　オンダ」

サンチョルが正敏の肩を抱いた。正敏も抱き返した。

「そうや、家族連れて、まだ来だらええんや。うぢら身内や」

叔母は抱き合っている二人の肩を叩いた。父は何度も頷いている。

飛行機は春空に飛び立つ。窓からは青い空が見えている。今度、順淑、和樹を連れて来よう、そしてあの井戸を見せたい。妹にも父の故郷や親戚、井戸の話もしたい。横の父はネクタイを外し、シートを深く倒して目を閉じている。正敏はポケットの小石を握った。

日本上空に入りました、アナウンスの声で外を見る。はるか眼下に日本列島の緑が見えてきた。

あとがき

死ぬまでに一度でもいい、自分の思いの詰まった本を残したい。それは誰からも読まれないかもしれないし、いや本になったことすら誰も知らない、そんな本でも。それが一昨年、まさかの小説集『白い木槿《むくげ》』で実現しました。だから論理的にいえば、もう後は「死ぬばかり」と安堵もしました。しかしそう簡単に「お迎え」は来ないようです。

日本で生まれ育ったコリアンとして、物心がついた時から憑《と》りついている違和感がまだくすぶり続けています。それは私にとって在日を生きる証、私の「生」に違いないと確信じみたことを思っています。この「くすぶり」がある限りまだ安々と死ねないなあ、とも考えました。これからも在日コリアンなど社会的少数者の庶民視点から、喜び悲しみを淡々と描き続けたいと念じています。

出版にあたり、大変お世話になりました新幹社・高二三氏、そして支えてくださいましたすべての友人たちに、引き続き深い感謝を申し上げます。

二〇二三年四月

方　政　雄

初出一覧

「鉄塔の下」『あべの文学（三〇号）』二〇二〇年二月

「草むらの小屋」第三九回さきがけ文学賞・入選作品

※秋田魁新報にて二〇二二年十一月四日〜十五日まで新聞連載

「滝の子」『樹林（六八二号）』二〇二二年五月

「つなぐ旅」『あべの文学（三五号）』二〇二三年二月

方政雄（パン　ジョンウン）

1951年、兵庫県神戸市に生まれる。在日韓国人二世。兵庫県立湊川高等学校教員、また神戸学院大学及び大阪市立大学（現、大阪公立大学）では非常勤講師として勤務した。2011年兵庫県「優秀教職員表彰」、2017年「文部科学大臣表彰」を在日として初受賞する。文学賞として、2018年「部落解放文学賞（小説部門）」、2022年「労働者文学賞」、同年「さきがけ文学賞」受賞。小説著書として『白い木槿』（新幹社）、『ボクらの叛乱』（兵庫県在日外国人教育研究協議会）。共著として『教育が甦る―生きること学ぶこと―』（国土社）、『現代国際理解教育辞典』（明石書店）、『初めての人権』（法律文化社）、『多文化・多民族共生教育の原点』（明石書店）、『韓国語・朝鮮語教育を拓こう』（白帝社）など。また兵庫県伊丹市民祭り、出会いのひろば「伊丹マダン」の代表として長年にわたり地域の多文化共生を深める活動を続けてきた。

草むらの小屋　　定価：本体価格1,800円＋税

2023年6月25日　第1刷発行

著　者　©方　政　雄

発行者　高　二　三

発行所　有限会社　新　幹　社

〒101-0061 東京都千代田区神田三崎町3-3-3 太陽ビル301

電話：03(6256)9255　FAX：03(6256)9256

mail：info@shinkansha.com

装幀・白川公康

本文制作・閏月社／印刷・製本（株）ミツワ印刷